SLOW MOTION

Stort tack till min fru Marie, som hjälpt mig med korrekturläsning.

Axel Vilde

SLOW MOTION

Förlag: BoD – Books on Demand, Stockholm, Sverige
Tryck: BoD – Books on Demand, Norderstedt, Tyskland

ISBN: 978-91-8027-062-5

"Kolla på det här klippet grabbar. Det är helt sjukt. Gubben är svensk och så jävla snabb att man inte hinner se hur han slår. Dom andra har inte en chans och dom är inte små heller. Fy fan, vad häftigt! Han måste vara kommandosoldat eller nått"

Kapitel 1

Kurt Wallgren var på väg till jobbet. Han rattade sin gamla Opel Astra med höger hand samtidigt som han vevade ner vindrutan för att få in lite frisk luft. Det luktade rök i bilen. Kvällen innan hade han lånat ut den till Ulrika som var hans granne. Hon skulle till Kungsör och hämta en taklampa som hon köpt på Blocket. Han visste att hon rökte men hade glömt att säga till henne att inte röka i bilen. Nu var det för sent. Det luktade förskräckligt.

Kurt jobbade på en återvinningscentral strax utanför Eskilstuna. Det hade han gjort sedan han slutade nian för trettioåtta år sedan. Då var det bara en liten soptipp. Nu var det en stor anläggning som tog hand om avfall från hela kommunen.

Kurt bodde ensam i en tvåa i Fröslunda. Han hade bott i samma lägenhet sedan han var tjugo år och växt upp som enda barnet med gamla föräldrar. De var båda döda sedan länge.

Vad han visste, hade han inga nära släktingar kvar i livet förutom några kusiner på sin fars sida som han aldrig träffat.

Han var en ensamvarg. Det enda umgänget var arbetskamraterna, men de träffade han aldrig på fritiden. Han brukade växla några ord med personalen på ICA där han handlade sin mat. Varje lördagsförmiddag gick han till tobaksaffären och lämnade in travet.

Då brukade han heja på några andra gubbar som var där i samma ärende.

Sedan hade han ju Ulrika förstås. Hon bodde i lägenheten bredvid och hade flyttat in för ett halvår sedan. Han hade från början tyckt att hon verkat lite konstig. Hon klädde sig annorlunda och betedde sig inte riktigt som man brukar. Hon var ryckig i sitt rörelsemönster, hade en väldigt intensiv blick och stirrade rakt in i ögonen på den hon pratade med. Inte bara den vanliga ögonkontakten man brukar ha när man samtalar, utan verkligen intensivt och utan att vika undan med blicken. I början hade det känts lite obehagligt och Kurt misstänkte att hon kanske var missbrukare. Det visade sig vara helt fel. Redan efter några veckor hade hon bjudit in honom på fika. Hon var genomtrevlig och jobbade inom omsorgen. Hon var några år yngre och liksom Kurt hade hon växt upp som enda barnet med gamla föräldrar som även de var döda. Med detta gemensamt hade de känt en viss samhörighet och de brukade träffas då och då för att fika eller kolla på tv.

Ulrika hade svada medan Kurt var tystlåten. Det passade de båda ganska bra. Hon fick prata till punkt och Kurt slapp säga så mycket.

Kurt var femtiofyra år. Så länge han kunde minnas, hade han levt ett ganska tråkigt liv. Inga spännande intressen, förutom att kolla på tv förstås, om man nu kan kalla det spännande. När han var i tonåren hade han spelat lite fotboll, men det var inget som hade utvecklats till någon större passion. Som de flesta pojkar hade intresset för tjejer väckts när han kom i puberteten. Dessvärre hade han varken haft självförtroende eller utseende tillräckligt för att ha någon framgång på den punkten.

Sin svendom hade han i alla fall lyckats bli av med. Det var då han låg i lumpen på P10 i Strängnäs och festade på utestället som i folkmun kallades för "klamydiagrottan." En alkoholiserad medelålders kvinna med kråkröst hade förbarmat sig över honom när han i sitt näst intill redlösa tillstånd beklagat sig över sina svårigheter att få till det. Sedan dess hade det inte blivit mycket av den varan. Fast nu var det lite lättare när det fanns internet. Då kunde man surfa in på någon obskyr sida och drömma sig bort för en stund.

Han hade nog fantiserat om Ulrika någon gång och undrat hur det skulle vara att få krypa ner hos henne, men han insåg att han nog aldrig skulle våga försöka. Skulle det ske någon gång, så fick det nog bli på hennes initiativ.

På sista tiden hade han ofta stått i kalsongerna framför spegeln och studerat sin profil. Det var ingen rolig syn. Håret började bli grått och magen utgjorde nu den del av kroppen som var mest utmärkande. Sedan han blivit bekant med Ulrika, hade han i alla fall tänkt lite mer på hur han skulle klä sig. Hans klädkonto hade dittills legat en bra bit under kontot för saltlakrits, men då han för första gången blivit inbjuden till Ulrika, hade han tänkt att det kunde vara passande att handla lite nytt. Det blev några svarta T-shirts och ett par blåjeans av lite dyrare modell. Hans gamla jeans som var inköpta på Coop och kostat nittionio kronor, var i och för sig bekväma, men passformen kunde kanske varit lite tightare. Han var ju trots allt nöjd med sina ben.

Vanligtvis brukade Kurt cykla till jobbet, men just den här morgonen kände han att han inte hade någon lust. Dels så småregnade det och han hade ont i ett finger. Kvällen innan, skulle han vispa vaniljsås till äppelkakan han köpt på ICA. När han satte i sladden till elvispen hoppade den igång. Han hade fingret i vispen och det vred till ordentligt. Det bröts inte men det var inte långt ifrån. Det var just det fingret han brukade växla cykeln med.

Det var i mitten av september och solen tittade precis upp över horisonten och bländade honom.
Kurt hade en egenhet som följt honom genom livet. Det var att han började nysa när han tittade mot solen. Han hade googlat på

det och fått reda på att det kallades fotisk reflex och inte var helt ovanligt. Nu kittlade det i näsan och han började nysa. Det blev en kraftig nysattack. För ett kort ögonblick förlorade han koncentrationen och det var då det smällde. Han frontalkrockade med en lastbil som kommit i hög fart och sneddat i en kurva. Det enda Kurt hann uppfatta var ljudet när bilarna träffade varandra. Sedan hade allt blivit svart.

Opeln satt som fastsmetad i fronten på lastbilen. Den var så intryckt att motorhuven skrynklat ihop sig som bälgen på ett dragspel.

Bilar stannade och människor rusade fram. Inom kort var ambulans och brandkår på plats. Taket fick klippas upp för att man skulle kunna få ut Kurt. Han var medvetslös och blödde kraftigt från pannan. Ambulansen körde med blåljus och tjutande sirener till akuten.

Som tur var låg lasarettet bara någon kilometer bort så han kom snabbt under vård. Hade det tagit längre tid hade han förmodligen inte klarat sig, så allvarlig var skadan.

I tre dygn låg Kurt medvetslös. Apparater som skötte andning och blodflöde höll honom vid liv.

På den fjärde dagen skedde en förändring. Han öppnade ögonen och såg sig omkring. Det första som slog honom var att det inte kändes så skönt att vara död. När anden lämnar kroppen skulle ju alla krämpor och defekter vara kvar i skalet. Det var i alla fall vad han läst och det han trodde på. Nu hade han en fruktansvärd huvudvärk och mådde skitdåligt. När han såg alla slangar som var fästa på honom, började han förstå att han nog inte var död utan befann sig på ett sjukhus. Han pustade ut.

Förutom huvudvärken kände han en kraftig smärta i armar och ben och när han försökte röra på sig upptäckte han att han var fixerad vid sängen.

Jävlar! tänkte Kurt. Bara jag nu inte blivit förlamad, det skulle vara den värsta som kunnat hända. Hans oro skingrades när en läkare kom in i rummet.

"God morgon Kurt. Så roligt att du vaknat till. Jag trodde nog att det skulle ske i dag för dina värden har blivit väldigt stabila. Du har brutit båda armarna och fått en mycket kraftig hjärnskakning. För övrigt är det så vitt vi kan se, inget allvarligt fel på dig. Lite brutet, några sår och blåmärken men det ska väl en karl tåla?"

Kurt skulle just fråga vad som hänt, när han märkte att han hade syrgasmask.

"Ta det lugnt. Du ska bara ligga still och slappna av så ska vi ta några prover. Förhoppningsvis kan vi befriade från alla slangar om någon timme."

Läkaren tittade på instrument, tog blodprov och lyssnade med stetoskop. Han knackade på Kurts knäskålar och armbågar.

"Det ser ju bra ut det här. Nu får du vänta en stund så kommer snart en sköterska och hjälper dig."

Kurt försökte minnas vad som hänt. Att han satt sig i bilen för att åka till jobbet kom han ihåg, sedan mindes han att det blev en fruktansvärd smäll och sedan inget mer.

Han kände att han kunde röra tårna och det gjorde honom glad. Värst var huvudvärken och smärtan i armarna. Han såg på sina gipsade armar och det han först tänkte på, var hur det skulle gå till att uträtta sina behov. Att låta någon karl röra vid hans kön kändes inte särskilt lockande och att tänka sig en kvinna torka honom där bak, det fanns inte på kartan. Han skulle vara tvungen att ropa på en man när han skulle skita och en kvinna när han skulle pissa. Han blev nästan svettig när han tänkte på hur besvärligt och pinsamt det skulle bli.

Hans tankar avbröts av att en sköterska kom in i rummet och började koppla bort honom från alla slangar.

"Hej Kurt. Nu ska det väl bli skönt att bli av med allt det här?"

Hon lossade andningsmasken och Kurt tog några djupa andetag.

Det kändes bra men huvudvärken blev bara värre och värre.

Efter en stund kom läkaren tillbaka. Han studerade journalen och tittade på Kurt.

14

"Nu är dom flesta provsvaren klara och vi har tittat på röntgenbilderna. Du har armbrott på båda underarmarna. Några knogar är krossade. Fyra revben och ena nyckelbenet är brutna. Klämskada på ena foten och en sårskada på vaden. Sårskada i pannan och kraftig hjärnskakning. Inga allvarliga inre skador. Det är bara hjärnskakningen vi ska vara lite observanta på. Du lär ha ganska ont några dagar men det ska du få smärtstillande mot."

Kurt insåg att han haft en makalös tur som klarat livhanken. Syster Eva hade berättat om hur hoptryckt bilen varit och att brandkåren fått klippa upp den för att få ut honom.

Efter några dagar på observation, blev han flyttad till ett patientrum. Där var två sängplatser och i den ena låg en storvuxen äldre man och snarkade ljudligt. Sköterskan som hjälpte till med flytten såg medlidsamt på Kurt.
"Här ligger Evert som du ska få dela rum med. Det ska säkert gå bra."
Kurt reflekterade inte så mycket över detta utan tyckte det skulle bli trevligt att få någon att prata med.
Våndan han tidigare känt över toalettbesöken, kände han inte längre. Personalen skötte det så smidigt och professionellt. Det som nu bekymrade honom, var hur han skulle klara sig när han

kom hem och fortfarande hade gipsade armar och lindade händer.

Mannen i sängen bredvid vaknade till, harklade sig högljutt och tittade på Kurt.

"Vad är du för en gök?"

"Jo hej du! Jag heter Kurt och vi ska visst dela rum ett tag."

Mannen satte sig upp i sängen.

"Men du ser då för bedrövlig ut. Vad har du råkat ut för?"

"Jag krockade med en lastbil"

"Å fan! Ja, så kan det gå när man ska envisas med att köra bil fast man inte behärskar det."

"Ja, nu var det väl inte precis mitt fel, vad jag hört. Vad har du varit med om själv då?"

Mannen drog upp skjortan och visade ett stort ärr som gick från bröstet och ner till magen.

"Skördetröskan! Det släppte en remskiva när jag skulle rensa bordet. Jag hade sånär kunnat bli kluven på mitten."

Kurt såg på det stora röda ärret.

"Usch då! Gör det ont?"

"Nej fan. Inte nu, men innan det blev hopsytt. Då Jävlar!"

Mannen berättade att han hette Evert och var lantbrukare. Om Ulrika hade svada, var det inget mot Evert. Det fanns inget stopp på honom. Den första timmen hade Kurt tyckt att det var roligt att lyssna på honom, men snart blev det bara jobbigt. Evert hade ett ganska grovt språk och skrattade högljutt åt sina egna skämt. När det kom in sköterskor i rummet passade han alltid på att komma med kommentarer om deras utseende. Kurt tyckte det var pinsamt och han såg på tjejerna att de inte var särskilt roade.

Dagarna gick och Kurt blev allt bättre. Han hade börjat gå lite försiktigt med rollator och bandaget runt knogarna hade tagits bort.

Evert var på röntgen och Kurt låg och läste en bok då Ulrika tittade in.

"Hej Kurt! Hur är det med dig? Jag blev orolig när du bara försvann och sen fick jag höra om olyckan."

Kurt sken upp när han fick se henne.

"Men hej Ulrika! Kommer du? Vad trevligt."

"Jag har med mig lite choklad, den där ljusa som du tycker så mycket om."

Hon satte sig på sängkanten. Hennes intensiva blick kändes nu inte alls så konstig längre och Kurt var uppriktigt glad över att hon kommit. Han berättade om olyckan, men hann inte säga så mycket innan. Ulrika tog över och började berätta om sina egna förehavanden och om hur hon ansträngt sig för att ta reda på vad som hänt honom.

Efter en stund kom Evert tillbaka från röntgen.

"Oj då! Här var det grannlåt må jag säga. Är det månne fästmön som är på besök?"

"Nej, vi är grannar" sa Ulrika och tittade misstänksamt på mannen.

Han satte sig i sängen med ett brak samtidigt som han släppte väder. Ulrika såg på Kurt och log lite ansträngt.

Evert hade i alla fall vett nog att vara tyst och hålla sig på sin kant så länge Ulrika varit där. Annat blev det när hon gått.

"Hör du Kurt, nog är ni väl mer än bara grannar va?"

"Nej, faktiskt inte"

"Så du har inte fått knulla henne då?"

Kurt var inte helt bekväm med den sortens konversation.

"Nej, det har inte varit aktuellt."

"Å fan! Själv har jag inte fått fjässa på flera veckor, så det är inte utan att det börjar trycka på nu. Jag kanske skulle fråga syster Eva om hon inte skulle kunna krypa ner hos mig en stund. Vad tror du om det?"

Kurt skruvade på sig.

"Nja, det tror jag nog inte att du ska föreslå."

Evert skrattade så det ekade i rummet.

"Nej, det kanske är bäst att vänta tills jag kommer hem. Gumman börjar väl bli blöt i hönan kan jag tro."

"Vad heter din fru?" Frågade Kurt, för att försöka byta inriktning på samtalet.

"Marit heter hon. Fin som fan. Fet och fast på samma gång. Gillar du kraftiga fruntimmer?"

"Det vet jag inte. Det har jag aldrig tänkt på"

"Det är inte så dumt ska du veta. Dom som är feta utvändigt är feta inuti också och då får dom skönare höna. Det klämmer åt alldeles extra gött." Hittar en bara fram så. Man får bläddra ett tag. Evert skrattade så han höll på att tappa andan. Han fick en kraftig hostattack och blev alldeles röd i ansiktet. Nu dör han väl, tänkte Kurt.

Dagarna gick och Kurt var innerligt trött på Everts enformiga och plumpa humor. När Evert berättade att han skulle få åka hem, drog Kurt en lättnadens suck.

Ulrika kom och hälsade på nästan varje dag och det var vid ett av hennes besök som Kurt för första gången upptäckte att något var annorlunda. Han hade inte tänkt på det just vid det tillfället, men efteråt hade han förstått att det var då det började.

Ulrika hade med sig kexchoklad och läsk. Hon ställde det på sängbordet och satte sig ner på sängen bredvid Kurt. Hon började prata med yviga gester och med blicken fixerad vid Kurt. Hon svepte med armen och råkade stöta till läskflaskan så den föll över kanten. Kurt såg i ögonvrån hur den föll och reflexmässigt tog han tag i den. Ulrika såg förvånad ut.

"Men gud! Hur gick det där till?"

Kurt var lika förundrad han.

"Det vet jag inte. Det var bara en reflex. Jag måste haft en jäkla tur."

Ulrika fortsatte att berätta om hur hennes dagar framskridit. Kurt lyssnade intresserat, men funderade samtidigt över incidenten med flaskan.

Den andra händelsen var mer uppseendeväckande och det var då han börjat fundera på om det var något fel på honom. Han låg ensam i rummet och lyssnade på radion. En spyfluga surrade runt och irriterade honom. Varje gång den kom nära, försökte han fånga den med handen men flugan var för kvick. Till slut blev han riktigt irriterad och koncentrerade sig lite extra när den kom nära. Då var det som om flugan stannade upp. Han kunde urskilja vingslagen. Försiktigt förde han sin hand nära flugan och knep den mellan tummen och pekfingret och klämde ihjäl den. Han slängde ner den på golvet och torkade av fingrarna på en servett.

Först undrade han om han drömt. Det hela kändes så overkligt.

Det var precis som om allt hade utspelats i ultrarapid.

Han berättade för läkaren om sin upplevelse. Läkaren skrattade och förklarade att det inte var så ovanligt att man upplever underliga saker när man går på smärtstillande.

"Du ska veta att det är starka saker du stoppar i dig och då kan man få uppleva både det ena och andra. Det är inget att oroa sig för."

Kurt tyckte det kändes som en betryggande förklaring och reflekterade inte mer över saken.

Efter två veckor på lasarettet fick han åka hem. Gipset på armarna hade han kvar men det gick att använda händerna så pass att han klarade sig hjälpligt och inte behövde oroa sig för toalettbesöken.

Till att börja med blev han sjukskriven i fyra månader.

Han klarade sig nu utan rollator och kunde ta sig både till ICA och tobaksaffären.

Dagarna gick långsamt och han fördrev tiden med att läsa och titta på tv. Ibland kom Ulrika in och gjorde honom sällskap.

Efter tre månader var Kurt så pass återställd att han kände sig redo att börja jobba igen. Gipset var borta och såren hade läkt.

Huvudvärken kom och gick men för det mesta kände han sig helt återställd.

Han var på återbesök på lasarettet och hoppades att läkaren skulle korta ner hans sjukskrivningstid. Det började bli långtråkigt att gå hemma och han såg fram mot att få träffa jobbarkompisarna och att få arbeta lite med kroppen igen.

Efter undersökningen förklarade läkaren att det mesta såg bra ut, men att han var lite orolig över att inte huvudvärken försvunnit. Det var nog bäst att ta det varsamt och inte hasta fram en friskskrivning. Han sjukskrev Kurt i ytterligare två månader. Kurt blev besviken men litade på läkarens omdöme. Han hade just utökat sitt tv-abonnemang med ett antal filmkanaler så han skulle nog kunna få tiden att gå.

Det började närma sig jul och det var något som han den här gången sett fram mot. Sedan föräldrarna dött, hade han firat jul i ensamhet och det hade inte varit särskilt roligt. Han hade pratat med Ulrika om det och hon hade då föreslagit att de skulle fira jul tillsammans. Hon brukade annars fira med några goda vänner men de skulle åka till Kanarieöarna. Nu hade hon inte någon att fira med. Kurt blev glad när hon kom med förslaget.

Ulrica hade bestämt att de skulle vara hos henne och ha lite knytkalas. Då skulle var och en få det de tyckte var godast.

Varken Kurt eller Ulrika var särskilt duktiga i köket så det skulle nog mest bli färdigmat och halvfabrikat, men vad gjorde det.

Huvudsaken var att man hade trevligt i gott sällskap.

Dagen före julafton gick Kurt till ICA för att handla. Det hade ännu inte kommit någon snö och var gråkallt och bistert. Det var sent på eftermiddagen och hade blivit mörkt. Julskyltningen lyste upp och trots det dåliga vädret kände han sig glad och uppspelt. Han stannade till vid bankomaten och tog ut lite kontanter. När han skulle gå in genom passagen som ledde till torget, stötte han i hop med ett gäng unga grabbar. När han skulle ta sig förbi dem blev han hejdad.

"Har du cigg?"

"Nej, jag röker inte"

"Får jag låna mobilen?"

Killen som stod närmast började känna utanpå Kurts fickor.

"Sluta upp med det där och flytta på er så jag kommer fram." Kurt började bli irriterad.

Grabbarna ställde sig runt honom och började knuffas.

"Gubbjävel! Visa vad du har i fickorna annars får du stryk."

Kurt blev både rädd och arg. Något sådant hade han aldrig råkat ut för tidigare. Visserligen visste han att det hände ibland och att Fröslunda med åren blivit en mindre trygg plats att vistas på, men själv hade han aldrig blivit drabbad.

Ilskan segrade över rädslan och Kurt var fast besluten att inte lämna ifrån sig något. Han knuffade till en av killarna så att han föll i gatan. I ögonvrån såg han hur en annan kille hoppade upp och måttade en spark. Kurt vände sig om. Han såg hur han långsamt kom allt högre upp i luften och svingade sin fot mot honom. Det kändes helt surrealistiskt. Foten kom farande genom luften så långsamt att Kurt kunde se hur skosnörena fladdrade. Det gick så sakta att han kunde se att skon var lite trasig och bara var snörd till hälften. Tydligen hade han också trampat i hundskit, det kunde man tydligt se.

När foten var en decimeter från huvudet duckade Kurt. Killen snodde runt i luften och ramlade med ett stön på marken. Han slog i ansiktet och började blöda från näsan.

Konstigt nog hade både rädslan och ilskan försvunnit. Han kunde lugnt konstatera hur lätt han hade undvikit sparken.

Några människor kom genom passagen och det fick killarna att lägga benen på ryggen.

"Men hur gick det? Är du skadad?"

Kurt såg sig omkring. Känslan av obehag hade återvänt och nu stod han och skakade.

"Nej, jag tror inte det"

På håll såg han killarna rusa iväg över torget. Människorna som samlats runt honom var upprörda.

"Tänk så det har blivit. Att man inte ska kunna vara trygg i sin egen stadsdel. Vad sysslar polisen med egentligen?"

"Tja, dom har väl jämt göra med att lurpassa på fortkörare på väg till jobbet och cyklister som saknar ringklocka. Det är väl det enda dom klarar av."

"Dagen före julafton också. Det är ju förskräckligt."

Kurt började lugna ner sig. Han undrade om någon sett vad som hade hänt, men killarna hade försvunnit så fort det kommit folk.

"Blev du av med något?" Undrade en äldre dam.

"Nej, så långt hann det inte gå. Det var tur att ni kom."

Människorna skingrade sig och Kurt fortsatte mot affären. Han försökte analysera det han upplevt men allt var bara så konstigt.

Det blev den bästa julaftonen på länge. Kurt och Ulrika hade det verkligen mysigt. De åt av allt som inhandlats och drack julmust så det stod härliga till. En och annan snaps slank också ner.

De hade i förväg bestämt att de skulle köpa varsin julklapp åt varandra. Kurt hade länge våndats över vad han skulle köpa. Vad kunde en medelålders kvinna tänkas vilja ha? Hon hade ju lite udda klädsmak så något sådant skulle nog vara riskabelt att köpa. Att ge bort någon god doft kanske skulle kunna uppfattas som om han inte tyckte att hon luktade tillräckligt gott. Det var verkligen svårt men till slut hade han bestämt sig för att köpa en bok. Han visste ju att hon läste ibland.

Ulrika verkade uppskatta sin julklapp. Själv hade hon köpt en flanellskjorta åt Kurt.

När de hade sett klart på filmen och klockan passerat midnatt, berättade Kurt om det som hänt dagen innan. Ulrika som sovit genom halva filmen, verkade måttligt intresserad av att höra på. Det hade konsumerats en hel del glögg så nu var hon trött.

"Kan vi inte ta det där i morgon i stället? Jag går nog in till mig nu."

Kurt var också trött så han tyckte det var en bra idé. Visserligen hade han hoppats på att de skulle komma lite närmre varandra under kvällen, men förväntningarna var låga så han hade inte blivit särskilt besviken.

Det blev inget mer tal om handgemänget. Efter att ha funderat, insåg Kurt att det inte skulle vara så lätt att förklara det han upplevt och det skulle nog te sig ganska obegripligt för andra att förstå. Han bestämde sig för att hålla det för sig själv.

Kapitel 2

I mitten av februari var det dags igen för återbesök hos läkaren.
Kurt blev undersökt och fick besked att han skulle kunna börja
jobba igen. Det var glädjande. Han hade ingen lust att gå hemma
längre.

Nu hade det kommit en hel del snö och att cykla till jobbet kändes
inte så lockande. Kurt hade fått försäkringspengar för sin kvaddade
Opel och även en hel del för sin skada, så nu hade han bestämt sig
för att köpa ny bil.

Det blev en Peugeot. Han hade aldrig förr ägt en ny bil så känslan
var överväldigande. Han körde många mil den första dagen och på
kvällen när Ulrika kommit hem från jobbet, frågade han om hon
ville följa med på en provtur. Det ville hon gärna och det blev
ytterligare några mil.

Veckan därpå började Kurt jobba. Det kändes inte som om han
varit borta särskilt länge och snart var han inne i de rutiner han
haft före olyckan.

Huvudvärken var nu helt borta och han hade inte upplevt något
konstigt sedan den där dagen före julafton.

Det blev sommar och semestern nalkades. Det var likadant med semestern som med jul och nyår. Visst var det skönt att vara ledig, men bristen på umgänge kändes lite tung.

Ulrika skulle till Gotland och hälsa på bekanta. Hon hade antytt att han skulle kunna följa med, men det hade inte låtit riktigt övertygande, så han hade tackat nej. I stället hade han tänkt att se sig om i Sverige med sin nya bil. Han visste inte riktigt om han skulle köra söderut eller norrut så han singlade slant. Det blev norrut.

När han skulle sluta, sista dagen på jobbet, plockade han undan sina saker och torkade omsorgsfullt av sin matplats med den skitiga disktrasan som ingen brydde sig om att skölja ur. Han plockade upp tidningar som låg slängda lite här och var, släckte och låste. Fem veckors semester hägrade.

De andra arbetskamraterna hade stuckit lite tidigare så Kurt var sist kvar. Han borde ha känt mer glädje, det tyckte han, men man rår ju inte för hur man känner. Visst hade han ryckts med lite när jobbarkompisarna raljerat över allt roligt de skulle göra, men innerst inne kände han mest tomhet. Tanken på att han skulle bila runt lite norröver och få se platser han aldrig sett, gjorde dock att han kunde känna ett uns av glädje över att få ledigt.

De första lediga dagarna låg han mest och kollade på film. Det småregnade hela tiden och Ulrika hade redan åkt.

På väderleksrapporten sa de att det var vackert väder uppåt i landet så Kurt beslöt sig för att tidigarelägga sin resa.

Han packade med det han behövde i klädväg och lite hygienartiklar. Campinggrejorna låg fortfarande kvar i sina förpackningar från affären. Till sist tog han med sitt kastspö och en ask med spinnare. Han hade fiskat mycket som barn, men det intresset hade svalnat efter att han blivit vuxen. Nu hade han tänkt väcka liv i det igen, om det skulle dyka upp något lämpligt tillfälle.

Tidigt nästa morgon bar det av. Den nya Peugeoten spann som en katt och var nytankad.

Väg 230 till Alberga och sedan Kungsör, Köping och Kolsva. Man behövde inte åka särskilt långt innan man märkte att landskapet började förändras och det blev glesare mellan bebyggelsen.

Det var som de hade sagt på väderleksrapporten. Vädret blev bättre och efter några timmars resa lyste solen och det var molnfritt. Det gjorde gott med humöret och Kurt kände sig för första gången på länge riktigt tillfreds med tillvaron. Han slog på radion och bytte från lokalkanalen till P3. Där spelades Born to be alive med BeeGees. Född att leva, tänkte Kurt och ökade farten.

Resan gick mot Östersund. Där hade Kurt varit förut. Den enda gången han kunde minnas att han varit på semesterresa med sina föräldrar, var i slutet på 60-talet och då hade de varit i Östersund. Han mindes resan med glädje och det var väl just därför som han nästan omedvetet styrde kursen dit. Det blev några stopp på vägen, men han planerade att komma fram till kvällen.

Han kom fram lite tidigare än han räknat med. Det var ganska lite trafik, så han hade legat en bra bit över tillåten hastighet nästan hela vägen. Först passade han på att ta en hamburgare och handla sådant han skulle ha till frukost, sedan åkte han runt och kollade på olika campingplatser för att se var han skulle bo. Till slut hittade han ett ställe någon kilometer utanför stan. Det såg jättefint ut och campingstugorna låg på rad längs vattnet. Han hyrde en stuga för två dagar och lastade ur bilen.

Nu var han ganska trött. Fast han älskade att köra bil, var det påfrestande att åka så långt i ett sträck.

Kurt lade sig på sängen och sträckte på sig. Det tog bara någon minut så sov han som ett barn.

När han vaknade var solen på väg ner. Han tittade ut och såg hur vattnet låg spegelblankt. Nu var det läge att prova fiskelyckan.

En kall öl och så fram med fiskegrejorna. Kurt pillade med linan och beteslåset. Det var inte så lätt att se nu när han så typiskt glömt läsglasögonen hemma. Till för bara något år sedan hade han haft perfekt syn. Sedan hade han märkt hur den börjat försämras så smått. Armarna blev längre och längre när han skulle läsa och till slut räckte de inte till. Med läsglasögon blev synen bra igen, men det var inte lätt att hålla reda på dem. Några hade han suttit sönder och andra var glömda på ställen han inte kom ihåg. Tur att de inte kostade så mycket på macken.

Nu var han lite irriterad att han glömt dem. Han fick rikta lampan och knipa lite med ögonen för att kunna hantera den tunna linan. På långt håll såg han fortfarande riktigt bra och kunde konstatera att där ute på sjön syntes vak av hungriga öringar.

Kurt fick i ordning grejorna till sist, svepte ölen och skyndade sig ner till stranden. Han balanserade på stenarna och kom ut till en liten udde där han hittade en perfekt plats att fiska på.

Det tog inte många kast innan han fick hugg. Det ryckte kraftigt i spöt och han kände hur adrenalinet rann till. Tid och rum försvann och plötsligt var han tillbaka i barndomen och till känslan av att vara ett med naturen.

Han drillade fisken varsamt och när den kom närmare såg han att den var stor. Någon håv hade han inte tagit med sig och när öringen var precis vid hans fötter, tog han upp den. Det här var sann lycka. Nu skulle det bli halstrad öring till kvällsmat.

Då sprattlade fisken till och han tappade taget. Han såg hur den

vände sig i luften och långsamt, mycket långsamt föll mot vattnet.
Kurt lade ifrån sig kastspöet, sträckte sig fram och tog ett stadigt
grepp runt fisken innan den fallit i vattnet. Nu var känslan där
igen. Att det skedde allt för långsamt för att vara naturligt. Han
hade nästan glömt hur det varit och nu slog det honom att det
måste ha med olyckan att göra. Det här var inte riktigt som det
skulle.

Han slog ihjäl fisken med en pinne och rensade den på en gång.
Den var fin. Säkert över ett kilo.

Det mörknade ganska hastigt och snart var det ingen idé att
fortsätta. Kurt tog sin fångst och gick tillbaka till stugan.

Det hade flyttat in en familj i stugan bredvid, som han hejade på.

Pojken i familjen tittade storögt på Kurts fina fångst.

"Oj! Vilken stor. Vad är det för fisk?"

"Det är en öring. Jag ska snart halstra den och då kan du få smaka
om du vill"

Kurt kände sig lite stolt när han fick visa upp sin fiskelycka. Det
var sällan någon hade sagt några beundrande ord till honom och
att få lite uppmärksamhet som storfiskare kändes inte alls dumt.

Det fanns en grillplats strax intill. Där gjorde han upp eld och när
glöden fått rätt färg, lade han sin folielindade fisk på glödbädden.

Pojken från stugan bredvid kom och tittade. Han var
fiskeintresserad och i morgon skulle han också prova lyckan.

Efter tio minuter tog Kurt bort foliepaketet och vecklade upp det. Doften var underbar och fiskköttet föll isär perfekt när han petade på det med kniven. Han lade upp två stora bitar på papperstallrikar och gav den ena till pojken. Det var jättegott. Det tyckte pojken också, ända tills han fick ett ben i halsen och började hosta febrilt. Pojkens mamma kom springande och undrade vad som stod på, men då hade han redan hostat upp det.

"Han fick nog ett ben i halsen, men det verkar ha försvunnit nu"

"Din idiot! Ska du ge honom fisk med ben i. Han kunde ju ha kvävts. Kom Göran så går vi. Här ska du inte vara."

Mamman var upprörd och Kurt kände sig ledsen över att kvällen skulle sluta så dåligt, när den börjat så bra.

Han tog en tröstöl innan han gick och lade sig.

På morgonen var det lite sämre väder. Fortfarande ganska varmt, men mulet och blåste en del. Kurt funderade på vad han skulle göra. Att fiska kändes inte så lockande i blåsten. Det kanske skulle mojna lite till kvällen och då skulle det vara lite mysigare. Han bestämde sig för att fara in till Östersund och strosa omkring i stället. Han kom inte så noga ihåg hur det såg ut där och förmodligen var mycket ändrat sedan han varit där som barn.

Han åt frukost och gav sig iväg. Det var lördagsförmiddag och inte särskilt mycket trafik. Efter några varv på olika gator, svängde han in på en stor parkering nära torget. Han skulle precis svänga in på en ledig ruta när en bil backade ut och smällde in i hans vänstra bakskärm. Det ruskade till ordentligt och Kurt stängde av motorn. Från den andra bilen rusade det ut fyra mycket arga män av östeuropeiskt ursprung. Att de var östeuropéer visste han inte men det var det första som slog honom då han fick se dem.

Männen var mycket upprörda och skrek och gestikulerade. Kurt klev ur bilen och synade skadorna.

"Hur i helvete kör du jävla gubbe! Såg du inte att vi skulle åka?"

"Nej, det gjorde jag inte. Då skulle jag väl ha stannat"

Männen skrek i munnen på varandra och stirrade på Kurt. Han noterade att deras bil var gammal och rostig och att det nästan inte syntes några skador alls på den, men att hans nya Peugeot var betydligt mer skadad.

"Du måste betala det här" skrek den störste av männen "vi måste byta stötfångare och framvagn. Det kostar nästan tiotusen"

Kurt kände sig mycket illa till mods. Inte nog med att hans nya bil var bucklig. De här herrarna menade på att det var hans fel också. Han tog fram sin mobiltelefon.

"Vi får ringa till polisen så får dom avgöra vems fel det var"

"Här ska jävlar inte blandas in några poliser!" Skrek en av männen. Han var ett huvud kortare än de andra, muskulös och hade en dubbelblixt tatuerat på halsen. Tydligen var han svensk för det

hördes ingen brytning. Han slog telefonen ur handen på Kurt så
den föll i marken och gick i två bitar. Kurt blev först förvånad,
sedan rädd.

"Men vänta, så här kan ni inte göra. Sånt här sköter
försäkringsbolagen. Jag har inga pengar på mig."

"Du ska betala din jävel! Det var ditt fel."

Den tatuerade mannen tog tag i Kurt och tryckte honom mot bilen
medan en annan man började muddra honom. Han fick tag i
plånboken och rotade igenom den. Det fanns bara några
hundralappar i den förutom körkort och bankkort.

"Fan! Du får följa med till bankomaten och ta ut det vi ska ha."

Kurt var nu så upprörd att han nästan tappade uppfattningen om
tid och rum. Som i ren reflex, körde han upp sitt knä i skrevet på
den som höll fast honom. Mannen släppte taget och vek sig av
smärta. Kurt såg i ögonvrån hur den störste av dem, måttade ett
knytnävsslag.

Plötsligt var det där igen. Det som drabbat honom flera gånger
tidigare. Att tiden saktade ner och allt gick i slowmotion.

Kurt vände på huvudet och såg knytnäven komma i luften, så
långsamt att han kunde se att mannens knogar var deformerade.

Det här var inga vanliga knegare, det var ett som var säkert.

Kurt väntade lite och när knytnäven var ett par decimeter från
hans ansikte, tog han tag i armen och förde den åt sidan så att den

riktades mot mannen som stod närmast. Slaget träffade mitt på näsan och Kurt såg hur den plattades till och man kunde höra ljudet när näsbenet knäcktes. Mannen segnade ner på marken.

Nu hade den kortare tatuerade mannen rest sig och man kunde se vansinnet i hans förvridna ansikte.

Han hade dragit upp en kniv och stötte den med full kraft mot Kurt. Kurt gjorde samma manöver nu som han gjort innan. Han styrde armen med kniven mot den som först slagit. När han såg att knivbladet var på väg mot halsen, korrigerade han banan så att hugget hamnade i axeln på den store mannen. Precis som vid händelsen i Fröslunda, kände Kurt konstigt nog varken rädsla eller aggressivitet. Han var fullständigt fokuserad på vad som skedde. Kniven satte sig hårt i axeln på den store mannen som skrikande vinglade iväg.

Det förvånade uttryck som den tatuerade mannen hade i ansiktet, såg nästan komiskt ut. Han tog några steg bakåt och måttade en våldsam spark mot Kurt. Den som hade tagit emot det första slaget, hade nu kommit på fötter igen och stod nu beredd att slå. Den fjärde mannen gjorde sig också redo.

Sparken och slagen kom nästan samtidigt. Kurt stod lugnt och avvaktade. Han funderade på hur han skulle göra.

Han bestämde sig för att ta hand om slagen först.

När den första knytnäven var nära, tog han tag i den och styrde den ner mot taklisten på bilen. Precis innan den träffade, vek han ner handen en aning så att slaget träffade med ovansidan av handen. Ett obehagligt kras hördes och man kunde se hur handleden bröts och att långfingerbenet trängde ut genom huden. Den andre mannens slag kom inte långt efter. I stället för att som tidigare styra undan det, tog nu Kurt ett litet steg åt sidan, tog tag i huvudet och drog det nedåt. När huvudet var på lagom avstånd satte han sitt knä på hakspetsen och mannen föll ihop.

Nu var sparken bara några centimeter från Kurts ansikte. Han puttade upp foten så att den träffade i tomma intet ovanför Kurts huvud. Den tatuerade mannen föll i asfalten.

Mannen med kniven i axeln hade nu satt sig i baksätet på bilen och skrek åt de andra att komma.

Den tatuerade kom på fötter och kastade sig in i baksätet. Mannen med den brutna handen släpade med sin liggande kompis med sin friska hand och puttade in honom i bilen. Sen for de iväg med gasen i botten.

Kurt stod kvar och darrade. Han var nu tillbaka i sitt normala tillstånd igen och höll på att kräkas.

På gatan mitt emot parkeringen hade en folkmassa samlats och på håll kunde man höra sirener.

Det var det sista Kurt mindes innan han svimmade.

Han vaknade av att någon slog honom lätt på kinden.

"Hallå! Är du vaken? Hur är det med dig? Är du skadad?"

Runt omkring honom stod människor och tittade. Det var blod på marken och Kurt hade hamnat i det då han svimmat. Det snurrade och han var tvungen att kräkas.

Strax därpå svängde en ambulans in på parkeringen och personalen kom springande med en bår. Efter en snabb undersökning lyfte de över honom på båren och bar honom till ambulansen. Man tog blodtryck och undersökte om han hade några sticksår. Sirenerna stängdes av och ambulansen svängde lugnt in på infarten till intaget.

Inne på sjukhuset blev han genast omhändertagen. Kurt såg förskräcklig ut i sina blodiga och nerspydda kläder. Han blev avklädd och akutläkaren gjorde en ordentlig undersökning.

"Det var märkligt det här, jag hittar inga som helst skador. Har du ont någonstans?"

Kurt kände efter.

"Nej, det kan jag inte påstå. Men jag mår lite illa"

"Jag hörde att du blev överfallen av flera karlar. Var kommer allt blod ifrån? Hade du kniv?"

"Nej, det hade jag inte. Blodet kommer väl från dom som hoppade på mig"

Läkaren tittade skeptiskt på Kurt. Det var ingen slagskämpe han såg där på britsen.

"Ja, hur som helst så är polisen här och vill ställa några frågor.
Orkar du med det?"

"Jo, det går bra" Sa Kurt. Han började känna sig lite bättre.

Efter en stund kom två poliser in. De presenterade sig artigt och
bad Kurt legitimera sig och berätta vad han gjorde i Östersund.
Han redogjorde sanningsenligt om vad som hade hänt, men när
han kom till själva överfallet visste han inte riktigt hur han skulle
förklara.

"Ja, ni lär väl inte tro mig, men ibland händer det att jag uppfattar
saker i slowmotion. Det gör att jag kan värja mig från slag och
sparkar ganska enkelt."

Han tittade på poliserna och förstod av deras miner att de inte
trodde ett ord av vad han sagt. De antecknade i alla fall och
frågade om han ville göra en anmälan.

"Ja, det vill jag så klart. Dom förstörde ju min nya bil"

"Du får komma ner till polisstationen när dom är klara med dig
här, så tar vi allt då."

Poliserna gick och Kurt kände sig lite missnöjd med att han inte
kunnat förklara bättre. Så klart att de inte trodde honom.

Efter några timmar fick han lämna sjukhuset. De blodiga kläderna
fick han med sig i en påse och han hade fått låna ett ombyte mot

löfte att lämna tillbaka det senare.

Kurt körde hem till campingstugan och bytte om, sedan återvände han till stan för att göra en polisanmälan.

Det var nästan förnedrande att sitta där och redogöra för något som de inte trodde på. Att han blivit påkörd var klart, det fanns det vittnesuppgifter på. Men att han utan kniv eller annat tillhygge klarat sig helskinnad från ett överfall av fyra vuxna karlar, gick inte att på ett trovärdigt sätt förklara.

Kurt nämnde inget mer om hur han hade uppfattat situationen.

Han insåg att det skulle låtit allt för otroligt.

Det blev ingen bra dag. Efter besöket på polisstationen åkte han tillbaka till sjukhuset och lämnade tillbaka kläderna han fått låna.

Sedan hade det varit det en hel del besvär med att anmäla bilskadan till försäkringsbolaget. De hade inte varit särskilt hjälpsamma när de tittade på hans tidigare förehavanden med krockade bilar.

Till slut blev i alla fall allt klart och Kurt bestämde sig för att åka tillbaka till Eskilstuna. Han kände inte alls för någon fortsatt semester i Östersund.

Han åkte tillbaka till campingen, tog en snabbfika, packade in sina saker i bilen och påbörjade hemresan.

Under färden försökte han minnas hur allt gått till. Det fanns bara fragmentariska minnesbilder om hur han uppfattat händelsen och hur han hade reagerat. Men en sak framstod ganska tydligt. Det var känslan han haft av att vara orädd och lugn när det varit som mest kritiskt. Det förbryllade honom. Han mindes att han varit vettskrämd både före och efter själva handgemänget, men just när det pågått hade han varit helt lugn och inte känt den minsta rädsla. Det var inte alls likt honom och när han tittade tillbaka på sitt liv och försökte minnas händelser som tidigare varit jobbiga eller obehagliga, kunde han inte hitta något som helst samband med hur det varit nu. Han reflekterade så klart på om det kunde ha med olyckan att göra. Läkaren hade sagt att det berodde på de smärtstillande medicinerna, men de hade han för länge sedan slutat ta. Så vad kunde det då bero på?

Det var sent på natten när han kom hem. Det hade varit nära att han somnat vid ratten några gånger och han kände sig nästan skamsen när han insåg vilka risker han tagit då han kört bil och varit så trött. Men nu var det skönt att få krypa ner i sin egen säng och det dröjde inte lång stund innan han somnade.

I drömmen hade Ulrika kommit in, klätt av sig och krupit ner till honom. Han skulle just börja känna lite på henne när klockradion gick igång och Anders Timells hesa stämma förkunnade att det var dags att stiga upp.

Kurt gnuggade sömnen ur ögonen och reste sig. Det var ju som själva fan, tänkte han. Några minuter till hade han väl kunnat fått.

Resten av semestern ägnade han åt att läsa och kolla på tv. Bilen blev stående på verkstaden i en vecka så han hade inte mycket annat att göra.

Sista helgen av semestern, kom Ulrika hem från sin Gotlandsvistelse. Hon hade köpt med sig ostkaka och bjöd in Kurt för att smaka. Hon var ivrig att dela med sig av sina äventyr på Gotland och efter hennes besök, visste Kurt allt om ringmuren och vad som fanns innanför. Han hade fått en liten lucka där han snabbt hunnit berätta lite om sin egen resa, men han utelämnade slagsmålet. Det skulle kännas allt för jobbigt att försöka förklara på ett trovärdigt sätt.

Så tog semestern slut och vardagslunken började. Kurt tyckte att det kändes ganska bra att åka till jobbet. Han var trött på att gå hemma och inte ha något att göra. Ibland hade han funderat på att skaffa sig någon intressant fritidssysselsättning, men han kunde aldrig hitta något som verkade tillräckligt kul. Många av arbetskamraterna gillade att resa utomlands så fort de hade möjlighet, men det var aldrig något som lockat honom. Han hade varit i Norge och Danmark och på Åland några gånger, men där hade han aldrig klivit av båten. Visst kanske det skulle vara roligt att åka till varmare breddgrader och det skulle han säkert göra någon gång. Men att resa själv kändes inte särskilt lockande. Fisket var ju en sak och det skulle han säkert kunna utöva lite mer frekvent. Skaffa båt vore ju inte helt fel. Då kunde han ju försöka locka med Ulrika på en tur. Ha lite picknick och ha mysigt. Det fanns nog en hel del han skulle kunna göra bara han fick arslet ur vagnen.

Jobbet lunkade på som vanligt, tills en dag vid frukosten då en av jobbarkompisarna tog fram sin mobil.
"Kolla här vad grabben visade mig. Det ser ju precis ut som Kurt."
Han ställde fram mobilen på bordet så alla kunde se. Där var ett Youtubeklipp på en medelålders man som blev påhoppad och utskälld av fyra ganska bastanta och skräckinjagande karlar.

Plötsligt urartade det till ett slagsmål och inom tjugo sekunder var flera av karlarna nerslagna och den störste av dem linkade skrikande iväg och satte sig i bilen. Resten av karlarna flydde hals över huvud till bilen och for iväg med en rivstart. Kvar stod den oansenlige äldre mannen till synes helt oberörd. Allt hade skett så fort att det nästan inte gick att uppfatta vad som hänt.

"Men va fan Kurt, det är ju du på pricken. Jävligt skumt. Undrar var det är filmat någonstans?"

Gubbarna plockade fram sina mobiler och bläddrade runt för att läsa kommentarerna.

"Det är filmat i Östersund. För helvete! Du skulle ju dit Kurt. Det sa du innan semestern. Ja, jävlar det är ju du. Kolla bilen också det är ju din Peugeot."

Kurt hade genast sett att det var han. Någon hade tydligen filmat och lagt ut klippet på nätet. Nu satt han helt tyst och visste inte vad han skulle säga.

Gubbarna kollade gång på gång på klippet och var helt hänförda.

"Vad var det som hände? Nu får du fan berätta."

Kurt insåg att det inte var någon idé att förneka. Frågan var bara hur han skulle förklara. Om han berättade hur han upplevt hela händelseförloppet i slowmotion skulle de förmodligen tro att han fått en knäpp eller att han drev med dem.

"Ja, vad ska jag säga? Jag blev påkörd och karlarna i den andra bilen påstod att det var mitt fel och dom ville ha en massa pengar. Sen blev det slagsmål. Det gick så himla fort allting så jag han knappt uppfatta vad som hände."

De andra satt knäpptysta, tittade på varandra och såg helt frågande ut.

"Men va fan, du slog ju ner allihopa. Hur kunde du det? Du har väl aldrig slagits förr? Eller har du hemligheter som du inte berättat om?"

"Nej, men blir man tillräckligt provocerad och arg så kan man nog få oanade krafter. Det var väl det som hände. Sen hade jag väl en himla tur förstås."

"Ja jävlar! Det trodde man inte om dig. Nu får vi passa oss så vi inte retar upp dig. Det är ett som är säkert."

Det dröjde inte länge innan klippet var spritt bland alla anställda på återvinningscentralen. Kurt hade fullt sjå med att prata med alla nyfikna. Till sist var arbetsledaren tvungen att säga ifrån för att det störde jobbet.

När Kurt kom hem skyndade han sig att slå på datorn. Klippet var med på första sidan på Youtube så man behövde inte söka på det. Nästan tvåhundratusen klick. Det var makalöst. Sida efter sida med kommentarer. De flesta mycket beundrande. Det kändes konstigt. Han tittade på klippet gång på gång och försökte analysera det han såg. Det fanns flera kopior på olika språk och på ett klipp löd beskrivningen: "Four members of the Russian maffia, beaten by an older Swedish man."

Vad ska det bli av det här? Tänkte Kurt. Han surfade in på Flashback och kollade om det fanns något där. Jodå, där var det flera som känt igen honom och det fanns både namn och adress utlagt.

Tankarna snurrade i huvudet. Skulle han söka läkare och försöka bli av med det, eller skulle han gå till polisen och försöka förklara hur allt låg till? Men det är klart, nu kanske det var för sent. Det första han skulle göra var i alla fall att berätta för Ulrika.

Kurt ringde på hos Ulrika strax efter klockan sex. Då visste han att hon kollat på nyheterna och slumrat till en stund. Det gjorde hon alltid. Efter det brukad hon vara lite låg och då fanns möjlighet att få en syl i vädret.

"Hej Kurt! Kommer du? Vill du ha kaffe?"

"Nej tack, det är bra. Det är en sak jag skulle vilja visa dig. Har du datorn på?"

De satte sig ner framför datorn och Kurt surfade in på Youtube. Ulrika fattade först inte vad det var hon såg.

"Men Kurt! Det ser ju precis ut som du. Har du en dubbelgångare?"

"Det är jag. Det är det som är det sjuka."

Ulrika tittade flera gånger på klippet utan att säga något. Kurt hade aldrig hört henne vara tyst så länge.

"Nej, det här kan inte vara sant. Det här är inte min Kurt. Nu får du förklara dig."

Kurt berättade hela historien från början. Från när han låg på sjukhuset och tog tag i flaskan som tippade. När han fångade spyflugan och händelsen nere vid bankomaten. Ulrika lyssnade förundrat.

"Det är ganska jobbigt det här. Jag vet inte vad jag ska göra. Snart kommer det väl någon som ska testa mig eller ge igen och jag tror inte att polisen kan hjälpa mig."

Ulrika tittade igen på klippet. Sen såg hon på Kurt och sa med bruten röst:

"Det ser ganska häftigt ut."

Kapitel 3

Zoran kände hur kraften rann ur honom. Det snurrade i huvudet och han var nära att svimma. Han gjorde ett sista försök att dra ut kniven som satt hårt i axeln, men han hade inte kraft nog och det värkte så fruktansvärt. Hans kamrater kastade sig in i bilen och körde iväg med en rivstart.

"Zoran hur är det? Du tuppar väl inte av nu? Kniven sitter bara i axeln så det är ingen fara."

Zoran kände hur blodet rann längs skjortan och han blev allt svagare. Han frös så han skakade.

"Kör till sjukhuset för helvete jag måste få hjälp NU!"

"Det fattar du väl att vi inte kan åka dit. Vi fixar det här själva. Vi drar till husvagnen så ordnar det sig."

Zoran hörde inte de sista orden. Han hade svimmat.

Han vaknade av en fruktansvärd smärta. Två av männen höll fast honom liggandes på husvagnsgolvet medan den tredje drog i kniven samtidigt som han tog spjärn med fötterna mot Zorans kropp. Kniven var hal av allt blod och han slant, ramlade bakåt och slog huvudet i en trälist.

"Förbannade skit! Nej nu jävlar!"

Han lindade en trasa runt knivskaftet och tog ett kraftigt tag.

48

Kniven lossnade med ett obehagligt ljud. Zoran skrek rakt ut och sparkade i golvet.

"HELVETE! Vad ont det gör. Ge mig spriten."

En av männen var redan uppe och rev i skåpen efter vodkaflaskan. Han slog snabb upp ett fullt glas och gav till Zoran.

"Bäst att du sveper den för vi är inte klara ännu. Det måste sys."

Zoran svepte vodkan i tre stora klunkar. Männen satte sig över honom och den tatuerade mannen torkade av såret med en ren trasa.

"Ta hit flaskan! Såret måste vara rent när vi syr."

Han hällde vodkan i såret och torkade på nytt. Smärtan var outhärdlig och Zoran svimmade igen.

När han vaknade satt de andra runt bordet, drack och skrattade.

"Nej, men se god morgon. Dags att vakna nu?"

Zoran tittade på sin axel som var prydligt omlindad med bandage.

"Vad var det som hände egentligen? Den där snubben, vad gjorde han?"

De andra såg på varandra och var lika rådlösa.

"Ja, det vet nog bara fan själv. Han måste ha varit nån jävla kustjägare eller kampsportsexpert. Det gick ju så fort att man inte hann uppfatta något."

De fyra männen var mycket förbryllade över det som hänt. De var alla vana vid att slåss och flera av dem hade deltagit i Balkankriget. Men aldrig hade de träffat på maken till slagskämpe.

Zoran Jovanovic var uppväxt i ett litet samhälle utanför Belgrad i Serbien. Han hade kommit till Sverige vid millennieskiftet, strax efter att NATO slutfört sina bombningar av Serbien. Även om hans barndom inte präglats av något större överflöd, kunde han inte påminna sig om att han hade haft det dåligt på något sätt. Tvärtom mindes han sin uppväxt som något ljust och positivt. Han hade haft många kompisar och hans föräldrar var mycket kärleksfulla.

Att han kom in i den kriminella världen hade uteslutande varit krigets fel. Zoran hade deltagit i hårda strider i Bosnien under flera år och varit med om grymheter som ingen kunde sätta sig in i. Våldtäkter, stympningar och massavrättningar. Tortyr så grym att det inte gick att föreställa sig. På båda sidor spred sig rykten om fruktansvärda övergrepp och hämnd följde på hämnd tills allt bara varit en enda röra av vedergällningar.

När kriget tog slut var han inte samma människa som innan. All empati var borta och på nätterna plågades han av svåra mardrömmar. Många av hans barndomsvänner hade strukit med och han hade varit tvungen att strida mot några av dem, då de hamnat på motståndarsidan. Det var nog det som plågade honom mest. Speciellt en händelse som för alltid skulle etsa sig fast i hans hjärna.

De hade gjort en räd in i en by i Bosnien. Det var en liten trupp på tio man som skulle slå ut ett kulsprutenäste. En av soldaterna lyckades komma så nära att han kunde slänga in en granat i förskansningen. Fiendesoldaterna kastade sig ut innan granaten hann explodera och rusade åt alla håll. De blev ett lätt byte för serberna som mejades ner en efter en. Några lyckades ta skydd och besvarade elden. Befälhavaren gav order om framryckning och att inga fångar skulle tas.

Zoran och en kamrat rusade fram mellan några uthus och hamnade öga mot öga med en obeväpnad och sårad soldat. Zoran kände genast igen honom. Det var Ratko från hans hemby.

De hade umgåtts väldigt nära under skoltiden och han såg honom som en av sina bästa vänner. Ratko var muslim och det var därför han stred för motståndarsidan.

Zoran blev glad när han fick se honom. Han sänkte sitt gevär och höjde handen till en hälsning. I samma ögonblick exploderade Ratkos huvud, träffat av en dumdumkula. Zoran stod som förstenad. Han vände sig om och såg skytten göra tummen upp. Zoran blev alldeles tom inombords. Han höjde sitt gevär och satte en kula i hjärtat på skytten, trots att de stred på samma sida.

Hade någon sett detta hade inte Zoran levt nu. Men det gjorde han, med alla tunga minnen som inte ville försvinna.

Han klarade sig till krigsslutet men livet blev aldrig som det varit innan. Han började dricka för att döva sin ångest och på grund av detta hade han svårt att få arbete och kunna försörja sig. Han började begå brott. Först var det mest stölder och förskingringar men senare övergick det till mer våldsbenägna handlingar som rån och utpressning. Anledningen till att han hastigt behövde fly landet, var att han vid ett tillfälle då hans omdöme inte varit på topp, givit sig på helt fel person. Det var en höjdare inom stadsförvaltningen som han försökte utpressa efter att ha gillrat en fälla med en minderårig tjej. Höjdaren satte ett högt pris på hans huvud och det fanns inte mycket annat att göra än att fly.

Han kom till Sverige och ansökte om asyl av politiska skäl.

Zoran fann sig ganska snart till rätta. På flyktingförläggningen i Flen blev han bekant med Vadim som också kom från Serbien. De började tillsammans begå mindre brott för att utöka den knappa ersättning de fick på förläggningen. Det var mest garagestölder och diesel. Sådant som var lätt att sälja.

Både Zoran och Vadim fick uppehållstillstånd utan allt för lång väntan och de bosatte sig båda i Södertälje. Där fortsatte de sin brottsliga bana och slog sig sedermera ihop med två andra.

Voizec från Azerbajdzjan och Bengt från Stockholm.

De skötte sin verksamhet med skiftande framgång men kunde ändå leva ett någotsånär hyggligt liv.

Bengt var narkoman och var den som var mest i behov av kontanter. De andra var inte så nöjda med att ha en knarkare med i gänget, men Bengt var mycket förslagen och var den som alltid kom med lösningar när det körde ihop sig. Att han låtit tatuera in en SS-symbol på halsen, var något som han ångrade. Det hade skett i ett synnerligen berusat tillstånd och hade inget med hans politiska åsikter att göra. Han hade inga sådana.

Zoran satte sig upp och kände på sin skadade axel. Det värkte något så infernaliskt. Han var arg så han skakade.

"Det spelar ingen roll vem han är. Om han så är världsmästare i karate så ska han få igen."

"Såja, ta det lugnt. Titta på Voizec, han har brutit handen och Vadim, han fick näsbenet avslaget. Inte gnäller dom för det."

Voizec hade handen omlindad. De hade lyckats bryta tillbaka handleden och långfingerbenet på sin plats, desinficerat och lindat ordentligt. Det skulle nog ta tid, men det skulle säkert läka bra.

Vadim hade bomullstussar i näsan. Det hade blött ganska kraftigt men annars var det inte mycket att göra. Att näsan skulle bli böjd resten av livet var inget som bekymrade honom nämnvärt.

Det var tur att de hade Bengt. Han hade varit sjukvårdare i lumpen och det var han som lappat ihop dem. När han väl fått sin sil, var han en stor tillgång på många sätt.

Bengt kom ursprungligen från Södertälje. Det var när han besökte sina hemtrakter som han träffat Zoran och Vadim under en krogkväll. De hade kommit i slang med varandra och haft ett givande samtal. Bengt var socialt begåvad och hade alltid lätt för att konversera. Först hade han fiskat efter om de hade pengar och kanske var lätta offer för en liten svindel. När han fick höra att de var från öststaterna, hade han slagit de tankarna ur hågen. Han hade tidigare erfarenhet av jugoslaver och det var inget han ville vara med om igen. I stället hade samtalet halkat in på språk och vikten av att lära sig svenska om man skulle få ett bra liv här. Varken Zoran eller Vadim hade lärt sig särskilt mycket av språket och den mesta av konversationen skedde på engelska. Bengt lyckades övertala dem att gå på svenskkurs och han erbjöd sig själv att hjälpa till med delar av undervisningen. Vid det här laget hade han redan listat ut att de var kriminella och han såg en möjlighet att utöka sitt kontaktnät och kanske kunna dra nytta av de nya bekantskaperna.

Det hade inte tagit lång tid innan de tre var sammansvetsade och i full färd med att planera olika brott i syfte att skaffa snabba pengar.

Voizec hade kommit in i bilden lite senare när de insett att ingen hade körkort och de var i behov av en chaufför.

Bengt var intelligent. Visserligen höll narkotikan sakta på att bryta ner hans hjärnceller, men fortfarande var han smart och i sina bästa stunder briljant. Han hade kunnat fått ett liv med en helt annan inriktning om bara han stått emot, den där ödesdigra kvällen då hans kompisar skulle testa amfetamin för första gången. Han hade först varit starkt kritisk till droger, men grupptrycket hade till slut blivit för starkt. Okej! En gång är ingen gång, tänkte han och tog några piller.

Det blev hans livs roligaste kväll. Aldrig förut hade han känt sig så lycklig. Han var oövervinnlig, visste allt och det fanns inga gränser för vad han kunde uträtta. Självförtroendet var enormt. I baren och på dansgolvet var han kung.

Dagen därpå hade allt varit som vanligt igen. Han hade försökt analysera det som hänt och hur drogen påverkat honom. Han kände inget sug av att fortsätta, men välbefinnandet han haft under ruset, kunde han inte glömma. Med övertygelsen om att han inte skulle bli beroende, fortsatte han med amfetaminet. Det övergick sedan till allt tyngre droger.

Länge hade han förnekat sitt missbruk men till sist insett att han var fast. Han gjorde ett halvdant försök att bli ren, men begäret hade en mycket större påverkan än han någonsin räknat med.

Nu var hans fokus att fixa pengar till nya silar. Han hade förlikat sig med att han nu var narkoman.

***

Polisen hade ganska snabbt fått in filmer och vittnesuppgifter från slagsmålet och kunde utan större svårighet se vad som hänt.

Där kunde man se att en av dem stött en kniv mot Kurt, men av någon anledning missat och råkat träffa sin kumpan. Kurt var den enda som inte fanns med i något belastningsregister. Han verkade vara en vanlig medelsvensson och poliserna var mycket förvånade över hur han inte bara lyckats avvärja attacken, utan även oskadliggjort våldsverkarna en efter en. Hårda män som var vana vid våld. Det var inte utan att de var imponerade.

De kunde inte hitta några som helst uppgifter annat än att han levt ett högst vanligt liv. Det fanns inte ett spår av någon skum verksamhet eller att han vistats utomlands. Inga uppgifter om att han utövade någon kampsport eller på annat sätt varit aktiv inom någon idrott.

Efter ett tips, fann de snart husvagnen där männen bodde och man tog in dem till förhör.

Polisen var så klart nyfiken. Hur kunde det komma sig att fyra sådana busar låtit sig bli misshandlade av en ensam äldre man? Det var något som kvartetten inte var särskilt angelägna om att försöka förklara.

Den anmälan de fått emot sig var misshandel, men då ingen annan än de själva råkat illa ut, fanns ingen anledning att hålla dem kvar någon längre stund. Polisen frågade om de ville göra motanmälan, men det fanns det inget intresse för. Ärendet blev registrerat och sedan var de fria att gå.

"Usch! Det där var pinsamt" sa Zoran. "Undrar vad dom trodde om oss? Att vi var några jävla mesar"

"Nej, nu glömmer vi det och gör klart det vi ska så vi kommer hem snart. Det finns ingen anledning att älta det här. Det har vi inget för"

Bengt försökte gaska upp de övriga och få dem på andra tankar. De hade ju ett ärende i Östersund som skulle slutföras. Det var att inkassera en skuld från en restaurangägare. Deras uppdragsgivare förväntade sig att det inte skulle bli några problem.

Det där med att köra på bilar på parkeringar och sedan kräva kontanter för reparationen var något som de gjort flera gånger förut. Oftast gick det bra och det var välkomna fickpengar. Ett par tusen för en bulig stötfångare eller lackskada var något som de drabbade oftast villigt betalade för att slippa obehag. Det var sällan som någon hade anmält dem, men när det hände blev det inga svåra konsekvenser.

Männen vilade ut några dagar och slickade sina sår. Sedan tog de hand om jobbet de var lejda att utföra.

Restaurangägaren var storväxt och såg skräckinjagande ut. När han fått höra om deras ärende blev han först mycket upprörd. Han bedyrade att de var för tidigt ute och att han fått löfte om uppskov med återbetalningen några månader till. Efter att ha ringt och kollat med uppdragsgivaren och där fått bekräftat att någon sådan överenskommelse inte fanns, fick restaurangägaren ett ultimatum.

"Du ska ha pengarna framme i morgon klockan tre. Får vi dom inte då, kommer vi att klippa av några fingrar och det blir på högerhanden som du runkar och torkar dig i arslet med."

"Tänk om han är vänsterhänt då?" Sa Voizec och flinade.

"Käften!"

Zoran lät mycket övertygande och stirrade med tom blick på restaurangägaren.

Han såg nu inte längre så stursk ut utan svettades ymnigt och var likblek.

"Okej, jag ska försöka. Jag lovar"

"Gör det," sa Zoran och gjorde en klippande gest med fingrarna.

Dagen därpå var de på plats klockan tre som utlovat. Restaurangägaren överlämnade ett kuvert med en sedelbunt som Bengt noggrant räknade.

"Fan! Det fattas tiotusen" sa Bengt och stirrade stint på mannen som såg ut som om han skulle spy.

"Skojade bara. Det var åttioniotusen på pricken. Precis som det skulle."

Kvartetten lämnade lokalen och gick skrattande till bilen. De knuffade på varandra som om de var skolpojkar.

"Nej hörni, nu drar vi till Stockholm. Nu vill jag inte vara i den här hålan längre."

De åkte efter husvagnen, kopplade på den och drog iväg.

"Tjugofem procent av åttioniotusen vad blir det?" Vadim kliade sig i huvudet och försökte räkna.

"Tjugotvåtusen tvåhundrafemtio spänn att dela på fyra. Det blir fem och ett halvt tusen var ungefär. Fan! Så här kan vi inte hålla på längre. Det är småpengar."

Bengt kände sig inte alls nöjd. Skulle de fortsätta harva i den här divisionen kunde de lika gärna ta ett vanligt kneg.

Den enda som var nöjd var Voizec. Han var ju bara chaufför men fick ändå lika mycket av kakan som de andra. Fyra och ett halvt tusen för ett par dagar. Det skulle han fått slita i två månader för hemma i Azerbajdzjan. Visserligen var det hans bil och han skulle stå för soppan. Men bensinen hade han slangat och bilen hade han bytt till sig mot en låda insmugglad vodka, så det var pengar rakt ner i fickan.

På hemvägen spekulerade Zoran över hur han skulle ta hand om den där karlen som misshandlat dem.

"Det blir nog en kula i varje knäskål. Vore inte det rimligt? Eller ska jag klippa tummarna av honom? Det är nog värre än man tror att bli av med tummarna."

Zoran vek in sina tummar i handflatorna och viftade med fingrarna för att känna hur det skulle vara.

"Tänk om du får stryk igen då?" Flinade Voizec " Vad gör du då?"

"Det kommer inte att hända. Han hade bara en jävla tur. Hade jag inte fått kniven i mig hade jag slagit ner honom med ett slag."

"Ja, du slog ju en gång och det gick ju sådär" sa Vadim och kände på sin sneda näsa.

De andra började gapskratta. Alla utom Zoran. Han blev bara ännu argare.

De disponerade en liten lya i Stockholm som de använde som förråd och även kunde övernatta i när det behövdes. Bengt hade en egen lägenhet men den försökte han hålla utanför verksamheten så mycket som möjligt. Han var inte särskilt förtjust i att ta dit folk och stannade hellre kvar i den gemensamma lokalen när de övriga skulle sova över.

Zoran korkade upp en flaska vodka så fort de kommit in. Voizec fick köra iväg till uppdragsgivaren för att överlämna pengarna de inkasserat. Den överenskomna andelen de skulle få för uppdraget hade redan delats upp.

Bengt låste in sig på toaletten och kavlade upp ärmen på vänsterarmen. Han snörde runt ett elastiskt band runt överarmen och fäste det med ett kardborrespänne. Sakta började ådrorna framträda i armvecket och han knackade lite försiktigt på dem. Sprutan i rostfritt blänkte i toalettlampans sken och guldet som flöt inuti var exakt doserat för att ge den perfekta kicken som Bengt så väl behövde just nu. Nålen slank lätt in i blodådern och Bengt pressade försiktigt ut innehållet. När han släppte på spännet, kände han hur heroinet spred sig i kroppen och en stark känsla av välbehag infann sig. Han packade ihop sina grejor och gick ut till de andra.

Vadim satt och surfade på sin Ipad då han fick ett besynnerligt uttryck i ansiktet.

"Men va fan! Vi är med på film."

Zoran ryckte till sig Ipaden. Han tittade länge och blev alldeles röd i ansiktet.

"Förbannade jävla skit! Någon idiot har filmat och lagt ut på nätet.

Man ser ju precis att det är vi. Hur fan ska vi förklara det här? Vi framstår ju som en skock odugliga idioter. Det här var inte bra. Det var förbannat jävla illa!"

Zoran slängde ifrån sig surfplattan, drog händerna genom håret och skrek rakt ut.

Kapitel 4

Kurt märkte på Ulrika att hon blivit lite förändrad efter att ha tagit del av hans hemlighet. Hon var inte lika egofixerad som innan och verkade lyssna mer på vad han hade att säga. Han hade tyckt att det var helt okej att det var hon som pratade. Att han fick flika in med en kommentar lite här och där och som hon sällan tog någon notis om. Det här kändes lite främmande. Det var likadant på jobbet. Innan hade det mesta han sagt och gjort gått obemärkt förbi och hans deltagande i frukost och lunchdiskussionerna hade mest bestått i att lyssna. Ibland hade han känt sig som en fästing. Någon som finns till bara för att förutsättningarna finns. Nu var det annorlunda. Han blev ofta tillfrågad om vad han tyckte, både när det gällde frågor om jobbet och om det som hände i omvärlden.

På nätet var det dock lugnt. Han hade varken Facebook eller något annat socialt media. Bara en e-postadress som han använde när han skulle köpa något och när han loggade in på internetbanken. På Youtube hade klippet nu visats över en miljon gånger, men fanns inte längre med på förstasidan. Kanske skulle det inte föra med sig så mycket uppmärksamhet som han först befarat. Ännu hade ingen kontaktat honom förutom några ungdomar nere på torget som kommit med berömmande tillrop.

En kväll när han tillsammans med Ulrika satt i hennes lägenhet och tittade på bingolotto, frågade hon om han kunde framkalla sin speciella förmåga när han ville. Det var något han aldrig tänkt på. De kom överens om att göra ett experiment. Ulrika hämtade en köksstol och satte sig mitt emot honom.

"Vi gör så här. Jag puttar till dig så snabbt jag kan, så får vi se vad som händer."

Hon böjde sig fram och stirrade honom stint i ögonen och var alldeles stilla. Kurt fångade hennes blick men kunde inte undgå att låta blicken falla ner mot hennes urringning som var väl tilltagen och lite mer iögonfallande än vanligt.

"Häpp!" Ulrika stötte plötsligt till honom i bröstet. Han hade inte en chans att reagera. De provade flera gånger men inget hände.

"Men Kurt, du måste koncentrera dig och inte tänka på annat. Jag ser nog vad du tittar på, din fuling"

Kurt kände sig lite förlägen och ansträngde sig för att se henne i ögonen.

"Förlåt. Vi testar igen."

"Häpp!" Ulrika puttade till honom igen och snabbt därpå gav hon honom en örfil. Inte så hårt men tillräckligt för att han skulle bli överrumplad.

"Vad fan gör du? Det där sa vi inget om."

"Det var bara för att se hur du reagerade. Hände det inget?"

"Nej, inte ett dugg. Det funkar nog inte. Kanske krävs det att jag blir rädd eller arg eller nått?"

Ulrika funderade ett tag, sen gick hon ut i köket och kom tillbaka med en förskärare. Hon fick ett groteskt uttryck i ansiktet, höjde kniven och rusade skrikande fram mot honom. Kurt blev vettskrämd och kastade upp armarna som skydd för ansiktet. Ulrika hoppade upp och hamnade i hans knä och fortsatte skrika.

"Vad gör du! Är du inte klok? Det där kunde ha gått riktigt illa."

"Så du blev lite rädd i alla fall? Märkte du inget nu då?"

"Nej, ingenting. Men så där får du inte göra utan att förvarna. Tänk om du snavat."

Ulrika satt fortfarande kvar i hans knä, gränsle över honom.

"Förlåt då. Jag ska inte göra om det. Det funkar visst inget bra. Vi får testa något annat."

Hon vred lite på stjärten innan hon klev av från honom. Kurt tyckte att han kunde skönja ett litet pillemariskt uttryck i hennes blick.

Ulrika sken upp.

"Du! Nu vet jag. Ställ dig i badrummet och ha dörren öppen så ska vi testa en grej."

"Vad har du nu hittat på?"

"Lugn! Det är inget farligt, jag lovar. Vänd dig mot väggen och när jag säger till så vänder du dig mot mig."

Kurt var lite skeptisk. Med Ulrika visste man inte vad hon kunde ta sig för. Ibland var hon lite väl spontan.

Ulrika gick ut i köket och kom tillbaka med en korg. Hon ställde sig i hallen på lämpligt avstånd.

"Nu!"

Kurt vände sig hastigt om och i samma ögonblick hivade Ulrika iväg ett ägg med full kraft. Ägget passerade nära Kurts huvud och krossades mot badrumsväggen så att innehållet skvätte vida omkring. Kurt fick lite äggula i håret. Genast tog hon upp ett nytt ägg och kastade. Sedan ett till och ett till. Äggen susade förbi honom och krossades mot väggen. Ett träffade Kurt i bröstet så att han blev helt nerkladdad. Nästa ägg såg han komma. Det svävade långsamt fram genom luften och liksom roterade runt sin egen axel. Han tittade på Ulrika och såg hur hon nästan tappade balansen efter kastet och hade en löjlig min i sitt ansikte. Bysten böljade i urringningen och halsbandet med en dödskalle längst ner, studsade mellan hennes bröst. Hon var allt bra läcker.

Ägget närmade sig långsamt och han funderade vad han skulle göra med det. Det var på väg mot hans ansikte. Han stod blick stilla och väntade. När det var inom en halv armlängds avstånd tog han tag i det och svingade det tillbaka mot Ulrika. Hon hade precis avslutat sin rörelse efter kastet och ägget träffade henne rakt i pannan. Med ett förvånat uttryck ramlade hon baklänges och blev sittande på golvet.

"Jävlar! Kurt det funkade ju. Jag hann inte reagera, så snabbt gick det. Hur var det för dig?"

Kurt förklarade hur han uppfattat det hela och Ulrika var helt fascinerad.

"Men så det ser ut. Nu måste vi städa. Hjälper du till?"

De torkade av sig själva med hushållspapper och började röja upp i röran. Ulrika duschade väggar och golv i badrummet och Kurt torkade rent i hallen. När de var klara tog Ulrika snabbt av sig sina jeans och sitt linne.

"Nej, nu måste vi duscha så vi får bort den här kleten."

Kurt började ivrigt knäppa upp sina byxor och hade dem halvvägs nere när Ulrika tittade till på honom.

"Men vad gör du? Du får duscha inne hos dig, fattar du väl."

Hon började gapskratta. Kurt drog hastigt upp sina byxor och blev alldeles röd i ansiktet.

"Du kan komma in med kläderna sen så ska jag tvätta åt dig."

Kurt och Ulrika fortsatte att experimentera. Efter några kvällar hade han lyckats lära sig ganska bra hur han skulle göra för att framkalla fenomenet. De testade en massa olika saker och Kurt blev allt säkrare. Snart kunde han bara genom en kort stunds koncentration få fram det.

En kväll satt de och spekulerade om vad han skulle kunna ha för nytta av sin förmåga.

"Du skulle ju kunna jonglera. Vi testar."

Ulrika sprang efter en påse apelsiner och gav tre av dem till Kurt.

"Här! Prova. Två kan alla jonglera med, men tre är lite svårare."

Kurt koncentrerade sig och kastade upp apelsinerna en efter en. Det var löjligt enkelt och nästan långtråkigt. Han tog ner den ena handen och jonglerade med en hand.

"Kasta hit tre till. Det här var för lätt."

Ulrika gjorde som han sa och kastade ytterligare tre apelsiner till honom. Det blev inte mycket svårare. Han klarade med lätthet att jonglera sex apelsiner med en hand.

I Ulrikas ögon såg det helt häpnadsväckande ut. Apelsinerna snurrade så fort i luften att det såg ut som om han snurrade på ett orange band. Han plockade ner frukten och lade tillbaka dem i påsen.

"Men herregud Kurt! Du är världens skickligaste jonglör. Fattar du vad det innebär?"

"Vadå, menar du att jag skulle åka runt och uppträda på cirkus? Skulle inte tro det. Hellre jobbar jag väl kvar på tippen."

"Men tänk vad mycket pengar du skulle kunna tjäna. Uppträda på teve, åka till USA och uppträda i Las Vegas. Hela världen skulle ligga öppen för dig."

"Du Ulrika, det märks att du inte känner mig så bra. Då hade du vetat att något sådant är det sista jag vill. Visst vore det kul att bli rik, men att uppträda för folk har jag ingen lust med. Det bästa vore nog om inget av det här hade hänt, så hade jag sluppit att gå och vara nervös för att någon ska komma och testa hur skicklig jag är på att slåss."

"Fan, vad du är tråkig. Är det inget du skulle vilja göra?"

"Jodå massor, men inget jag kommer på som skulle kunna ha med det här att göra."

"Som vad då till exempel?"

"Köpa en fin båt och kunna åka ut och fiska när jag fick lust. Det skulle jag vilja."

***

Zoran hade tänkt färdigt och var nu redo att åka till Eskilstuna. De andra hade försökt övertala honom att glömma incidenten i Östersund. Det skulle inte göra saken bättre att hämnas och att utsätta sig för risker utan att tjäna något på det, verkade ganska meningslöst. Men han kunde inte glömma smärtan i axeln. Varje gång han tänkte på det, såg han mannens ansikte framför sig. Nu skulle han få igen.

Att få fram uppgifter om mannen var enkelt. På Flashback stod allt han behövde veta och med Google hade han kollat var han bodde och studerat omgivningarna på satellitbilder. Han skulle undvika att handgripligen konfrontera honom. I stället skulle han vänta in ett lämpligt tillfälle att sätta en kula i benet på honom. Helst när han sov. Han skulle sikta på knäskålen, där gjorde det mest ont. Zoran plockade fram sin kortpipiga 22 mm Ruger med en egenhändigt tillverkad ljuddämpare. Först hade han tänkt att fila till kulspetsarna lite så att det skulle göra största möjliga skada, men precisionen försämrades så det skulle bli svårare att träffa rätt. Det fick duga som det var. Blev han inte nöjd kunde man ju alltid sätta en kula i den andra knäskålen också. Han monterade lasersiktet och kollade så det fungerade. Han tänkte stanna till på någon avskild plats på vägen och skjuta in grejorna.

Voizec var inte särskilt glad över att behöva köra. Men det var ganska meningslöst att argumentera med Zoran, särskilt när han var på dåligt humör. Det hade han varit ända sedan de kommit hem från Östersund.

Dagen därpå gav de sig iväg. När de passerat Strängnäs körde de in på gamla Eskilstunavägen och svängde av på vägen som leder mot Kjula flygplats. Där fanns bra platser att provskjuta på och inte så mycket folk i rörelse. Zoran hade varit där och skjutit förut.

De körde några hundra meter in på en skogsväg. Voizec ställde sig bredvid bilen och pissade medan Zoran plockade fram sin pistol. Han sköt några provskott och justerade lasersiktet. När Voizec ruskade ur de sista dropparna såg han en röd prick på sitt könsorgan.

"Stå still!" Skrek Zoran. "Det sitter en fluga på ollonet. Jag ska pricka den."

Voizec blev likblek och stod blick stilla."

"Va fan håller du på med? Är du inte riktigt klok. Jävla idiot."

Zoran skrattade hjärtligt.

"Nu blev du allt bra skitnödig va?"

Voizec drog upp gylfen och satte sig i bilen. Han var synnerligen irriterad. Den där Zoran var bara för mycket ibland.

Zoran sköt några skott till och gjorde en sista justering.

En sädesärla satte sig på en stubbe en liten bit bort. Den hade fångat en insekt och vippade förnöjsamt med stjärtfjädrarna.

Zoran siktade. Den röda pricken dansade på den lilla fågelkroppen. I samma ögonblick slängde sig Voizec på signalhornet så att fågeln flög iväg innan Zoran hunnit skjuta. Att folk blev skjutna och skadade hade han inga problem med, men att någon skadade ett djur, fick honom att se rött. Det var också anledningen till att han kommit i klammeri med rättvisan i unga år.

När han var sexton år hade han och en kompis cyklat runt i trakterna vid hans hemby i Azerbajdzjan. När de cyklat förbi en gård som låg lite avsides från byn, fick de se några pojkar som sprang och jagade en gås. När de fått fatt i gåsen tog en av grabbarna fram en dunk bensin och skvätte över den, sedan hade de tänt på. Gåsen sprang skrikande iväg som en levande fackla och föll snart död ner. Pojkarna stod och skrattade och tyckte det var mycket lustigt. Voizec blev ursinnig och sprang fram till dem. Han slog båda två, hällde bensin över dem och tände på. Pojkarna hade blivit mycket svårt skadade men överlevt.

Voizec hamnade i fängelse och fick tillbringa flera år av sin ungdom tillsammans med grova brottslingar.

När han kom ut var han avtrubbad och det fanns ingen möjlighet att återgå till ett normalt liv.

"Vad fan gjorde du så för? Jag hade ju den precis på kornet."

Voizec svarade inte. Det var inte lönt. Zoran skulle aldrig kunna förstå.

De kom fram till Eskilstuna och snurrade runt en stund innan de hittade en lämplig parkeringsplats intill OK-macken i Fröslunda. Zoran bad Voizec att vänta i bilen medan han rekognoserade. Han gick fram till hyreshuset där Kurt bodde, gick in i porten och

läste på hyresgästförteckningen. "Kurt Wallgren våning 3." Han
gick upp tre trappor och läste på skyltarna. Där var det.

Zoran skyndade sig ner och gick med raska steg mot bilen.

"Okej, det är klart. Nu åker vi ner på stan."

Voizec såg mycket förvånad ut.

"Har du redan skjutit honom?"

"Nej, inte i dagsljus din dumma jävel, då har vi snart polisen efter
oss. Det ska ske i natt när han sover. Det var ett simpelt lås på
dörren så det blir inga problem. När han vaknar har han en kula i
knäskålen."

Zoran såg belåten ut. Framför sig såg han mannen ligga och vrida
sig i plågor medan blodet sprutade ur hans sönderskjutna knä.

Voizec suckade. Det skulle bli en lång väntan. Han som avskydde
att vara uppe på nätterna.

De åkte ner på stan och gick runt lite i Cityhuset innan de satte sig
på McDonalds.

Kurt kom iväg lite senare från jobbet. Det var fredag och många av
hans jobbarkompisar hade gått tidigare. Det var som det alltid
brukade vara på fredagarna. Diskmaskinen var inte urplockad och
diskbänken var full med kaffekoppar. Inte för att det ingick i hans
arbetsuppgifter att plocka upp efter andra, men på något sätt hade

det ändå blivit så. Det var inte så jobbigt och det var alltid trevligt att komma tillbaka på måndagsmorgonen om det var rent och snyggt.

På hemvägen stannade han till vid systembolaget för att köpa lite vin. Han hade inte hört vad Ulrika skulle göra i helgen, men han hoppades att hon inte hade något särskilt för sig. I kväll var det veckofinal av Idol. Det brukade de titta på och i morgon kväll gick det en jättebra film som han trodde att hon skulle tycka om. Han hade själv sett den flera gånger och visste att den var bra. Med lite tur så kanske hon ville ha sällskap.

När han kommit hem, messade han Ulrika och frågade om hon var hemma. Hon jobbade och skulle bli sen. Kanske lika bra det. Kurt kände sig sliten efter veckan och det kunde vara skönt att lägga sig tidigt för en gångs skull. Han knallade ner till pizzerian och köpte en kebabrulle.

Kurt slog sig ner i fåtöljen och kollade på Idol. Han var proppmätt efter kebabrullen och två flaskor folköl. Det gick bara inte att hålla sig vaken.

Klockan hade passerat midnatt när han vaknade. På teven gick en gammal sciencefictionfilm från sextiotalet som inte verkade särskilt spännande. Kurt bytte kanal och hamnade på Playboykanalen. Två blondiner var i full färd med att massera en karl på alla möjliga sätt. Det såg riktigt trevligt ut och han kände hur det började röra sig i kalsongerna. Ett tag funderade han på om han skulle ruska tupp, men ångrade sig när han tänkte på att han eventuellt skulle tillbringa lördagskvällen med Ulrika. Inte för att chansen var särskilt stor att det skulle bli något. Men ändå. Man vet ju aldrig och det är bäst att vara förberedd.

Kurt borstade tänderna, släkte och gick till sängs. Han var inte särskilt trött efter att ha sovit framför teven. Han låg och funderade en lång stund och kände till sist hur tröttheten sakta kom tillbaka.

Han hade precis slumrat till när han väcktes av ett ljud han inte kände igen. Det lät som om det var en råtta. Kurt satte sig i sängen och lyssnade. Jo, visst var det en råtta i hallen. I ett hyreshus? Det var väl ändå inte möjligt. Efter en stund blev det tyst igen och han kröp ner under täcket och försökte somna om.

Så var ljudet där igen. Det lät som om någon smög i hallen.

Han hoppade raskt ur sängen, gick ut i köket och tände taklampan. Kurt hoppade till och skrek högt. I hallen stod en maskerad man och riktade en pistol mot honom. Kurt blev först helt paralyserad. Han stod som fastfrusen och kunde inte röra sig. Sedan började han skaka. Han försökte skrika, men fick inte fram ett ljud. Kurt kunde se eldsflamman ur mynningen när den maskerade mannen tryckte av.

Det första han kom att tänka på var att han slutat skaka och inte var rädd. Sedan blev han förvånad av att det inte smällde högre. När han studerade pistolen närmare, såg han att den var försedd med någon anordning som förmodligen var en ljuddämpare. Eldsflamman från mynningen lyste i gult och orange. Det var ganska vackert och röken som kom ut liksom bäddade in flamman i en dimma. Nu såg han kulan komma ut. En liten grå rackare som banade sig iväg genom röken. När den kom närmare kunde han se hur den roterade. Kurt undrade vart den var på väg och försökte se på kulbanan var den var avsedd att träffa. Då upptäckte han den röda pricken på sitt ben. Den dansade runt knäskålen men ville inte hålla sig riktigt stilla. Kurt tittade upp på mannen för att se om han kände igen honom. Det var något bekant med honom. Visserligen var han maskerad men visst var det en av karlarna han råkat ut för i Östersund. Den största av dem. Han som fått kniven i axeln.

Kulan närmade sig. Den sökte sig sakta mot den röda pricken. När den nästan var framme, flyttade Kurt sitt ben så att kulan strök förbi och träffade ett av benen på köksbordet. Det splittrades och kulan fortsatte in i nederkanten på diskmaskinen. Kurt tittade på mannen och såg att han var redo att avfyra ytterligare ett skott. Den röda pricken dansade runt på benet med något större rörelser den här gången. Det var tydligt att mannen inte riktigt kunde hålla koncentrationen utan började bli lite för ivrig. Skottet small av och eldsflamman var där igen. Samma procedur som sist. Kurt flyttade på benet. Skottet träffade diskmaskinen igen.

Jäkla skit, tänkte Kurt. Den där går inte att använda mer.

Mannen hade nu flyttat upp pistolen och siktade mot magen. Han avlossade två skott i rask följd med samma resultat som tidigare. Nu krossades porslin när kulorna for in över diskbänken och Kurt började bli mer och mer irriterad över förödelsen. Han var tvungen att få stopp på det. Han sträckte sig efter vinflaskan som stod på bänken. Visserligen skulle den vara tills i morgon kväll, men den fick väl offras. Hoppas det här kan få stopp på honom, tänkte Kurt och hivade iväg den allt vad han kunde. Flaskan snurrade i luften på väg mot mannen som just avlossat ytterligare ett skott. Kurt såg hur flaskan och kulan var på väg att korsa varandras banor och med ett egendomligt ljud, slog kulan av halsen på flaskan. Vinet snurrade runt i luften som en fyrverkerisnurra och flaskan fortsatte mot mannen. Kulan ändrade riktning och borrade in sig i en taklist. Flaskan roterade långsamt. Kurt kunde se hur brottstället var kantat av tre sylvassa skärvor som stod ut som en treudd. Mannen stod blick stilla och flaskan styrde rakt mot hans ansikte. Det lät nästan som när man trampar i lera då de tre spetsarna på flaskan trängde in i hans hals. Mannen fick ett förvånat uttryck i ansikten och släppte pistolen. Han grep tag i flaskan med båda händerna och drog loss den. Ur det ena hålet kom en kraftig blodstråle som pulserade och stänkte ner väggen bredvid honom. Han försökte trycka mot såret men blodet sprutade ut runt handen. Mannen segnade långsamt ner och blev sittande på golvet.

Det kändes som om Kurt stått och tittat på en film. Att det inte var verklighet. Nu började det gå upp för honom att det var allvar och att mannen höll på att dö. Kurt rusade fram, men när han trampade i allt blod och vin så for fötterna undan och han ramlade baklänges. Det kraschade under honom när han landade i glassplittret. Han skar sig i armbågen och hans eget blod blandade sig med den övriga sörjan på golvet. Kurt kom på fötter, slet till sig en diskhandduk, rullade ihop den till en boll som han sedan tryckte mot halsen. Handduken blev snabbt våt av blod.

Nu insåg Kurt att han måste kalla på hjälp. Han fick fatt i en annan handduk som han vek i hop till en fyrkant, tryckte den mot såret och lindade runt den nerblodade handduken som ett tryckförband. Sedan rusade han in i sovrummet, tog sin mobil och ringde 112. Klockan var långt över ett på natten då Ulrica kom hem. Hon klev av sin cykel vid portuppgången. I samma ögonblick hörde hon sirenerna. Ambulans och flera polisbilar kom i hög fart med blåljusen påslagna och körde in på gården. Runt omkring började det tändas upp i fönstren.

"Vad är det nu som har hänt?" Tänkte Ulrika. "Hoppas att det inte är i vår uppgång."

Hon hann knappt tänka klart innan bilarna tvärnitade framför hennes port. Poliserna rusade in med dragna vapen och ambulanspersonalen avvaktade utanför med en bår.

Poliserna sparkade upp dörren till Kurts lägenhet och rusade in. Det var en hemsk syn som mötte dem. I hallen stod Kurt i kalsonger, helt nersölad med blod och på golvet låg en livlös man. Polisen kallade på ambulanspersonalen.

Nu samlades människor på gården och var nyfikna på vad som hänt. Poliserna höll dem på avstånd och de svarade inte på några frågor. Efter en stund kom ambulanspersonalen ut ur porten. På båren låg en man men det gick inte att se vem det var.

Porten öppnades och Kurt kom ut. Han hölls i ett stadigt grepp av två poliser, helt nerblodad och i bara kalsongerna. Ulrika kände först inte igen honom, men när hon förstod att det var Kurt, blev hon chockad.

"Kurt! Vad är det som hänt?" Ropade hon.

Han svarade inte. Blicken var tom och det verkade inte som om han var medveten om vad som pågick.

Ytterligare en ambulans svängde in på gården. Kurt fick en filt omkring sig och gick in i ambulansen.

"Jag kan följa med!" Ropade Ulrika. "Jag känner honom."

"Är du hans fru eller sambo?" Frågade en av poliserna.

"Nej, vi är grannar, men vi umgås en del."

"Nej, då går det inte. Han är brottsmisstänkt."

"Men vad är det han har gjort?"

"Ja, det är det vi ska ta reda på. Det vet vi inte i nuläget."
Ambulanserna for iväg och poliserna gick in för att påbörja undersökningen.

Ulrika förklarade att hon bodde i lägenheten bredvid och frågade om hon kunde gå in till sig. Det fick hon göra. Hon blev förvarnad om att hon eventuellt skulle bli förhörd då hon sagt att hon känt mannen i fråga. Hon tog trapporna upp till tredje våningen. Dörren till Kurts lägenhet stod öppen så hon kunde se in. Hela hallen var full av blod.

Hon kände sig mycket illa till mods och undrade hur det var med Kurt. Men han hade ju kunnat gå själv, så förmodligen hade han inte varit allvarligt skadad.

Voizec hade väntat i bilen som han blivit tillsagd. När han såg blåljusen och hörde sirenerna började han ana oråd. Han väntade tills sirenerna tystnat, sedan gick han fram. När han fick se båren, trodde han först att det var det tilltänkta offret som låg där, men strax uppenbarade sig offret i porten och då förstod han att det var Zoran som råkat illa ut. Han gick tillbaka till bilen, startade och körde iväg. Det var inte läge att åka till lasarettet. Då skulle han genast bli gripen. Det var bara att åka hem och avvakta. Han visste att Zoran inte skulle säga något och att lägga sig i skulle inte göra saken bättre. De hade i förväg kommit överens om hur de skulle hantera situationen om någon av dem åkte fast.

Alla upplivningsförsök var verkningslösa. Sjukvårdarna gjorde vad de kunde med blodtransfusion, syrgas och elchocker. Zoran dödförklarades av läkaren på sjukhuset.

Kurt kom genast under läkarvård. Man torkade bort allt blod och undersökte honom noggrant. Ett mindre skärsår på armbågen var allt man kunde hitta. Man rengjorde såret och tejpade ihop det. Röntgen visade inga tecken på skada.

Dörren till undersökningsrummet var inte riktigt stängd så Kurt kunde se hur läkaren stod och samtalade med polisen. Strax kom två poliser in.

"Du får klä på dig och komma med ner till stationen. Det är inget fel på dig. Vi har lite frågor att ställa och du har en hel del att förklara."

"Men jag har inga kläder."

Den ena polisen hejdade en sköterska och förklarade läget.

Efter en stund kom hon tillbaka med en sjukhusrock som hon gav till Kurt.

"Den här kan du ha så länge, så slipper du gå i bara kalsongerna."

Det blev en lång natt på polisstationen. Kurt förklarade om och om igen hur allt hade gått till. Den bistre polisen tittade på Kurt och suckade tungt.

"Tror du att vi är så jävla dumma att du kan inbilla oss att du klarade dig undan en gärningsman som stod tre meter från dig och sköt fem skott?"

"Ja, det är ju det jag säger. Jag hoppade åt sidan hela tiden så alla skotten missade. Herregud, jag har väl ingen anledning att ljuga. Jag är bara en vanlig knegare som hade oturen att bli ett brottsoffer."

"Ja du, vanlig knegare ska vi nog låta vara osagt. Jag vet vem du är. Jag har sett dig på film och en vanlig knegare spöar inte upp fyra busar så som du gjorde i Östersund. Undrar just vad du har för hemlighet, men det ska vi ta reda på."

Kurt kände sig uppgiven. Det skulle nog inte spela någon roll vad han sa. Man skulle ändå inte tro honom. Att försöka förklara att han upplevt hela händelsen i slowmotion skulle inte göra saken bättre. Snarare tvärtom. Då skulle man verkligen bli övertygad om att han ljög. Han skulle ju kunna bevisa sin förmåga, men vad skulle det leda till? Det skulle förmodligen bli en väldig uppståndelse och en massa publicitet. Nej, det ville han inte vara med om. Allt hade ju skett i självförsvar och att flaskan hade råkat träffa halspulsådern var ju en ren olyckshändelse.

Polismannen gick ut och kom strax tillbaka med en overall som han slängde till Kurt.

"Ta på dig den här och följ med mig. Du får vara kvar här tills i morgon så fortsätter vi förhöret då."

"Så du menar att jag är anhållen då? För vad? Att jag försvarat mig mot en som försökt mörda mig i mitt eget hem?"

"Nej, du är gripen misstänkt för brott. Vi kan hålla dig i tolv timmar, sen är det upp till åklagaren."

Kapitel 5

På hemvägen hörde Voizec på radion, att en man blivit mördad i Eskilstuna. Han blev alldeles kall. Inte för att han hyst några djupare känslor för Zoran. Snarare hade han tyckt riktigt illa om honom. Den obehagliga känslan kom i stället av att han tänkte på det tilltänkta offret. Vilken iskall och farlig person det måste vara. Hur hade han lyckats döda Zoran som var så erfaren och dessutom beväpnad? Han drog sig till minnes händelsen i Östersund. Den hade han försökt förtränga, fast den gjorde sig påmind då och då. Tillsammans med det som hände i natt, förstärkte det bilden av mannen som en hänsynslös maskin, programmerad för våld. Voizec ryste. Om Zoran bett honom följa med in i lägenheten skulle han kanske delat samma öde.

Voizec hade svårt att somna den natten. Han såg mannen framför sig. En till synes vanlig svensk gubbe i övre medelåldern, men kapabel att snabbt eliminera vem som helst som utgjorde ett hot. Vad var det för människa? Vem jobbade han åt? Varför hade de haft den extrema oturen att stöta på just honom?

Budet om dödsfallet nådde Bengt och Vadim dagen därpå.

Bengt blev inte särskilt upprörd. Han hade liksom Voizec tyckt ganska illa om Zoran. Att de umgicks var enbart av affärsmässiga skäl. Han hade från början märkt att Zoran var en mycket empatilös person och onödigt brutal många gånger. Visst kunde han själv vara hård och våldsam, men bara när det var nödvändigt. Vadim var den som tog det hårdast. Han skrek rakt ut. Sedan första gången de träffades på flyktingförläggningen i Flen, hade de båda känt en stark samhörighet. De var i ungefär samma ålder och var båda serber. Vadim betraktade Zoran som en mycket nära vän.

Vadim kom från en liten by i norra Serbien, nästan på gränsen till Ungern. Landet hette fortfarande Jugoslavien men Vadim var serb och kallade sig inte för jugoslav. Föräldrarna var fattiga bönder, men det fanns alltid gott om mat så han kunde inte minnas att han någonsin lidit någon nöd. Visst hade han fått stryk ibland, men det fick alla ungar så det var inget konstigt.

Redan i skolan upptäckte man att han var lite avvikande. Han hade väldigt svårt för auktoriteter och vägrade att göra som han blev tillsagd. Det gjorde att han tidigt hamnade utanför samhället. Stora delar av sin ungdom tillbringade han på olika institutioner. Hade detta varit nutid, skulle han säkert fått en diagnos av något slag men det var inget som man kände till på den tiden och framför allt inte i den delen av Europa.

När han blev myndig, blev han inkallad till militärtjänstgöring. Det var ungefär samtidigt som landet delades och strax därefter bröt Bosnienkriget ut.

Vadim trivdes med soldatlivet. Till en början kunde han inte ta att befälen körde med honom och han utsattes för hårda bestraffningar som han uthärdade utan att gnälla. Befälen märkte snart att han var både hård och tålig och dessutom gjorde han alltid bra ifrån sig på övningar. Han visade sig också vara en utmärkt skytt. Det dröjde inte länge innan han avancerat till gruppbefäl och det passade honom alldeles utmärkt.

I början av kriget utmärkte sig han och hans grupp som en mycket framgångsrik och djärv enhet. De fick ofta uppdrag att ta sig förbi fiendens linjer och göra tillslag långt bakom fronten. Det här uppmärksammades snart av militärledningen och Vadim blev uppkallad till general Ratko Mladić som var befälhavare för de bosnienserbiska styrkorna. De hade ett långt och givande samtal och när Vadim gick därifrån, var han befordrad till sergeant med befäl över en grupp av etthundratjugo man.

Till skillnad mot Zoran, påverkades inte Vadim särskilt mycket av de grymheter som förekom. Tvärtom så var det något som taggade honom och med tiden började han nästan känna ett behov av att döda. En dag utan en död fiende var ingen bra dag.

Han tjänade sitt land väl och i juli 1995 nådde hans karriär sin höjdpunkt när man gick in i staden Srebrenica. Under tolv dagar massakrerades tusentals muslimska pojkar och män. Grymheterna var fasansfulla och Vadim hade själv varit synnerligen aktiv i utrensningen.

Kriget upphörde samma år. Nato började jaga efter krigsförbrytare och då huvudsakligen efter de som deltagit i Srebrenica. Vadim såg det som säkrast att lämna landet och tillbringade några år i Ungern innan han vid millennieskiftet sökte asyl i Sverige.

***

Några dagar efter händelsen, träffades Bengt, Voizec och Vadim i lägenheten i Stockholm för att prata igenom situationen. Vadim var fortfarande mycket upprörd och såg det som en självklarhet att de skulle hämnas. Bengt och Voizec sneglade lite på varandra och det var ganska uppenbart att de var av en annan åsikt. Bengt öppnade en öl och lutade sig bakåt i fåtöljen.

"Tror du att det är en så bra idé Vadim? Du har ju själv sett vad den mannen är kapabel till och risken är väl stor att vi också råkar illa ut."

"Jag håller med" sa Voizec "Zoran hade pistol och smög in när mannen gått och lagt sig. Det måste ju varit den lättaste sak i världen att sätta en kula i gubben. Ändå gick det som det gjorde. Jag vet inte om jag har någon lust att utsätta mig för fler risker med den mannen."

Vadim blev ännu mer upprörd när han hörde de andras argument.

"Du är för fan bara chaufför och ska göra som du blir tillsagd. Förresten, vart var du när det hände? Satt i bilen och runkade kan jag tro?"

"Zoran sa till mig att vänta och det gjorde jag."

Voizec kände sig obekväm med att stämningen började bli lite väl hetsig. Han skruvade på sig och hade god lust att be Vadim dra åt helvete. Men det var nog säkrast att ligga lågt. Man visste inte vad Vadim kunde ta sig till när han blev arg. Han tittade på Bengt som kramade ihop ölburken han höll i handen.

"Såja, nu tar vi det lugnt. Det finns ingen anledning att vi blir osams."

Vadim reste sig upp och traskade fram och tillbaka.

"Du ska för fan inte ha någon åsikt! Jävla knarkare. Zoran och jag var vänner, vilket ni inte tycks fatta. Jag ska ta ihjäl gubben med eller utan er hjälp. Det är ett löfte. Får jag ingen hjälp av er, kommer vi inte att jobba ihop i fortsättningen."

Bengt och Voizec såg på varandra igen.

"Vi kan väl låta det här smälta lite innan vi bestämmer något.

Gubben lär bli åtalad och det kan dröja lång tid innan han blir åtkomlig."

Voizec nickade. Både han och Bengt kände starkt att det här inte var något som de ville medverka i, men nu gällde det att ligga lågt och inte utmana på något sätt som skulle kunna späda på Vadims vrede. De visste att han var en ganska labil person och vad han var kapabel till.

Han hade varit sparsam med att berätta om sina bedrifter i kriget, men vid ett tillfälle när han varit ordentligt berusad, hade han berättat lite. Inte ångerfullt utan snarare med stolthet. Det hade riktigt lyst i hans ögon när han berättat om hur han torterat, stympat och mördat. Det var otäckt att höra och inget han pratat om tidigare.

***

Ulrika hade nästan inte hunnit få av sig ytterkläderna innan två poliser ringde på.

"Hej! Ursäkta att vi stör men det är viktigt att vi får in uppgifter i ett så tidigt skede som möjligt. Du sa att ni umgicks, är ni tillsammans?"

"Nej, inte på det viset. Vi är mer kompisar. Vad var det som hände?"

"Ja, vi kan inte säga så mycket i nuläget, men det är tydligt att din granne fick påhälsning och det uppstod skottlossning och handgemäng. Din granne klarade sig nästan oskadd, men den andre fick sätta livet till."

Ulrika kunde inte tro att det var sant.

"Det var inte så länge sedan han berättade om en händelse i Östersund. Det finns med på film på nätet. Det måste vara någon av dom."

"Jo, det har vi redan konstaterat. Den där filmen är ju vida spridd. Men det vi är mest intresserade av nu är hur det hela gick till. Han påstår själv att han blev attackerad av en beväpnad man som sköt mot honom, men vi får inte det att gå ihop riktigt. Vet du om han hade skjutvapen hemma?"

"Nej, det hade han absolut inte. Kurt är inte kriminell. Han är en helt vanlig karl som jobbar på tippen. Men jag kan tala om hur det gått till."

Ulrika började berätta om Kurts speciella förmåga. Hur han efter trafikolyckan börjat se saker i ultrarapid och hur han på så vis måste ha lyckats undvika kulorna.

Polismännen tackade för sig och gick.

"Du, den där hade väl inte alla hästar hemma?"

"Skulle inte tro det."

Polisen gjorde en grundlig undersökning av lägenheten. Man lokaliserade skotthålen och kunde med stor säkerhet avgöra exakt varifrån skotten avlossats. Det fanns inga andra vapen i lägenheten. Fingeravtryck och krutstänk bekräftade allt det som Kurt påstått. Det måste helt enkelt varit så att inkräktaren varit så stressad och upprörd att han inte lyckats träffa med något av skotten. Men att Kurt kört en avslagen flaska i halsen på honom, måste ändå ses som grovt övervåld och därmed gå att åtala honom för.

Åklagaren var inte alls nöjd med polisens framställan med begäran om häktning. Hon studerade grundligt det man kommit fram till och kunde inte finna något sakligt skäl som skulle kunna hålla i en domstol.

"Ni har tre dagar på er att lägga fram bevis. Klarar ni inte det, är det bara att släppa honom."

Kommissarie Melin kliade sig i huvudet. Han hade kartlagt Kurts förehavanden sedan högstadiet och inte hittat något som kastat ljus över mysteriet. Han hade studerat videoklippet från Östersund i detalj och där kunde man tydligt se hur han lugnt och säkert avvärjt attackerna från de fyra männen. Det var inte sannolikt att en vanlig medelsvensson skulle kunna agera på det viset. Det måste till en synnerligen vältränad person för att klara av det. Kurt såg inte vältränad ut. Långt därifrån.

Det dröjde bara en dag innan kommentarerna började gå varma på nätet. Händelsen hade snabbt blivit sammankopplad med det som hände i Östersund och spekulationerna avlöste varandra. Någon som tjänstgjort i främlingslegionen var övertygad om att han sett Kurt där. Andra sade sig känna till att han tjänstgjort i CIA eller Mossad. Det fanns till och med de som med säkerhet påstod att han var resultatet av militära experiment med hjärnmanipulation. Trots att kommissarie Melin och hans personal lagt ner ett kolossalt arbete, kunde man inte få fram något som skulle räcka till åtal. Kurt släpptes efter tre dagar.

När Kurt kom hem till lägenheten pågick saneringen för fullt. Det skulle ta några dagar innan han kunde flytta tillbaka, så han blev ombedd att försöka hitta en tillfällig bostad. Först hade han tänkt åka till Vilsta camping och ta in på vandrarhemmet. Det var inte särskilt dyrt, men efter att ha pratat med Ulrika blev det ändrade planer.

"Men herregud Kurt! Det är klart att du ska bo hos mig, det fattar du väl. Vi bäddar i soffan. Det blir bara kul att få lite sällskap."

"Men tänk om någon av de andra kommer tillbaka? Det kan ju bli farligt."

"Jag känner mig inte särskilt rädd. Jag är ju i trygga händer."

På kvällen satt de och pratade länge. Kurt var nedstämd. Känslan av att ha orsakat någons död var smärtsam och han kunde inte riktigt fatta hur det kunde gått så illa. Han hade inte siktat mot halsen och att flaskan hade träffats av kulan kunde han rimligtvis inte kunnat förutse. Syftet hade bara varit att sätta honom ur spel så han slutade skjuta, sedan hade allt gått så fel.

Kurt kunde inte hålla tårarna tillbaka. Ulrika försökte trösta så gott hon kunde.

"Men Kurt, det var inte ditt fel. Tänk om du inte kastat flaskan, då kanske du inte hade levt nu. Det var du som blev attackerad, tänk på det. Den andra fick skylla sig själv. Vad skulle han i din lägenhet att göra? Nej du, sånt patrask är inget att sörja över."

Hon satte sig vid spisen och tände en cigarett under spisfläkten.

Det spelade inte sån stor roll vad hon sa. Det hjälpte inte. Kurt insåg att det var något han skulle få leva med och han hoppades bara att det med tiden skulle kännas lite bättre.

Ulrika bäddade i soffan och stoppade om Kurt när han krupit ner.

"God natt min buse. Försök att drömma något trevligt."

Efter två dagar var Kurts lägenhet klar och han kunde flytta tillbaka. Han tyckte nästan att det fanns lite blodlukt kvar, men sanerarna verkade ha gjort ett bra jobb och inget syntes. Då och då dök minnesbilder från den fasansfulla natten upp, men han intalade sig att det skulle bli bättre. Bäst att börja jobba och leva som vanligt igen. Det skulle nog vara den bästa medicinen.

Han var lite orolig över hur arbetskamraterna skulle reagera. De hade naturligtvis hört vad som hänt och många av dem hade blivit kontaktade av polisen för att berätta det de visste om honom. Arbetsgivaren hade intygat att han arbetat där sedan han slutat högstadiet och aldrig haft någon längre frånvaro.

Det blev en del uppståndelse på jobbet, som han befarat. Alla var ivriga att få höra Kurts version. Han hade hoppats att de skulle vara lite mer diskreta och låta honom få landa först, men så blev det inte. Han berättade sakligt om hur det gått till. Att förövaren varit så stressad att han inte kunnat sikta ordentligt. Det där med flaskan hade varit en ren olyckshändelse som förmodligen räddat livet på honom.

En del verkade undvika honom medan vissa visade väldigt stort intresse. En vanlig kommentar var: "Bra gjort Kurt! En mindre att försörja." Sådana kommentarer gjorde honom inte gladare. Det var trots allt ett liv. Någons son och kanske någons far.

När den första uppståndelsen lagt sig, blev det lite lugnare och livet återgick sakta men säkert till en mer normal tillvaro. Som det varit innan skulle det nog aldrig bli, men det hade han heller inte räknat med. Kurt försökte undvika att läsa vad som skrevs på nätet, men han blev ständigt påmind. Det verkade nu ha blivit en vedertagen sanning att han varit en specialtränad kommandosoldat i någon utländsk armé och de flesta spekulationerna pekade mot Israel och Mossad. Han som aldrig ens varit utanför Sverige, förutom Åland. Några tidningar hörde av sig och ville göra reportage, men Kurt vägrade kategoriskt att medverka, men de skrev ändå. Inget av det de skrivit var sant, förutom själva händelsen.

Sakta men säkert började han vänja sig vid att vara lite av en lokalkändis. Det hände ganska ofta att folk kom fram och ville växla några ord och det var mest pojkar i övre tonåren. En kväll när han skulle gå till ICA, kom två grabbar fram. Han tyckte att åtminstone en av dem verkade bekant på något vis. De såg inte ut att vara ute efter bråk utan verkade nästan rädda.

"Öh, jo hej! Vi ville bara be om ursäkt för det där som hände i passagen före jul. Vi var lite fulla och då kan man ju göra dumma saker ibland."

Grabbarna tittade på honom och såg mycket ångerfulla ut. Kurt visste inte riktigt vad han skulle säga.

"Det var inte så farligt. Jag hade nästan glömt det."

"Så du kommer inte att ge igen då?"

"Nej då, det kommer jag inte att göra."

Då flög fan i Kurt.

"Men är det så att jag får höra talas om att ni gör något liknande igen så ska jag nog ta itu med er. Jag har ögon och öron lite varstans så ni får allt passa er."

Han spände blicken i dem och försökte se arg ut. Pojkarna såg helt vettskrämda ut.

"Vi lovar. På hedersord."

Det var första gången han omsatt sin förmåga i praktisk handling till något vettigt, förutom att försvara sig. Det gav honom en del att tänka på. Kanske skulle han kunna uträtta bra saker utan att det skulle bli för mycket uppmärksamhet? Han tog upp det med Ulrika när de träffades lite senare på kvällen.

"Vadå? Menar du att du skulle bli någon slags hjälte som går runt och försöker få folk att bli lite bättre människor? Hur skulle det gå till? Skulle du ha någon särskild dräkt då kanske? Som läderlappen?"

Ulrika såg framför sig hur Kurt gick runt på stan med en specialsydd dräkt. Det var lite komiskt, men hon var fortfarande besviken på att han inte ville utnyttja situationen till något mer lönsamt.

"Nej, inte så. Om nu en massa människor ändå tycks tro att jag är en synnerligen farlig person, kanske dom skulle lyssna på mig om jag förklarade att brott och våld är något dom ska hålla sig borta ifrån."

"Du är då för gullig Kurt. Naiv också. Tror du verkligen att det skulle göra någon skillnad?"

"Nej, kanske inte så mycket, men titta på killarna som kom fram i dag. Dom verkade i alla fall ångerfulla.

"Dom var nog bara oroliga för att få stryk. Om några veckor har dom glömt vad du sa och då är dom i farten igen".

Det blev inte mer diskuterat om den saken.

Kapitel 6

Det började lacka mot jul igen. Efter en synnerligen regnig och gråkall december, kom de första snöflingorna och lade sitt vita täcke över marken. Allt blev ljusare och julskyltningen lyste stämningsfullt om kvällarna. Kurt och Ulrika hade redan tidigt bestämt att de skulle fira jul tillsammans den här gången också. Kurt hade länge funderat över vad han skulle ge henne i julklapp. Tanken hade slagit honom att han kanske skulle köpa ett presentkort till en behandling av något slag. Med fotvård eller massage. Han var inte säker på om det var något hon skulle uppskatta. Efter mycket huvudbry kom han fram till att det kanske inte var en sådan bra idé. Men en fin klänning kanske han skulle våga köpa. Det skulle hon säkert uppskatta.

Det fanns en liten butik nere vid Munktellområdet som sålde kläder för mogna kvinnor. Där hade han cyklat förbi någon gång och kikat in i skyltfönstret. Han gjorde slag i saken och åkte dit en kväll efter jobbet.

"Hej! Kan jag hjälpa dig med något eller vill du titta runt lite?"
Flickan i butiken sken som en sol och var mycket trevlig. Kurt såg sig hastigt omkring.
"Jag skulle ha en julklapp till en kvinnlig bekant."

"Är det något särskilt du tänk dig?"

"Ja, jag vet inte riktigt. Kanske en fin klänning?"

"Vet du vad hon har för storlek?"

Kurt tänkte efter om det var något som Ulrika nämnt.

"Nej, jag vet inte så noga men hon är ungefär lika stor som du, eller jag menar lika liten."

Det plingade i dörren och in kom ett sällskap med kvinnor som högljutt började rumstera om i butiken. De stannade till vid hyllan med underkläder, plockade bland plaggen, skrattade och diskuterade livligt om hur spetstrosor och korsetter skulle falla deras karlar i smaken.

Flickan i butiken visade Kurt en avdelning där det hängde festkläder. Långa klänningar i vackra färger hängde på rad. Kurt kände på tygen.

"Det här är nog inte riktigt hennes stil. Jag hade nog tänkt mig något kortare."

Flickan visade honom till en annan kollektion.

"Titta här så länge så kanske du hittar något fint. Jag går och hjälper dom andra kunderna så länge."

Sällskapet med kvinnor hittade tydligen inget av intresse så de gick snart ut. Då kom expediten fram till honom igen.

"Hittar du något som du tror skulle passa?"

"Jo, allt är jättefint. En sån här kanske skulle vara något."

Kurt pekade på en klänning som fanns i olika färger. Han kunde nästan se framför sig hur den skulle smita åt runt Ulrikas fina former.

"Ja, den där är snygg och det passar både till smala och lite rundare kroppsformer. Hur ser hon ut, din vän? Vad har hon för hårfärg?"

"Jag vet inte så noga. Just nu är det svart, men det har varit både lila och lite ljusare. Hon byter ganska ofta."

"Okej, då föreslår jag svart, det passar till det mesta. Du visste inget om hennes storlek utan sa att hon såg ut lite som jag. Kan du vara lite mer konkret."

"Hon är ungefär lika lång som du. Lite smalare kanske och så har hon större arsle, eller jag menar bak. Ja, vad säger man egentligen?"

Kurt blev röd i ansiktet. Expediten skrattade.

"Det spelar ingen roll, baken går bra.

Flickan plockade bland storlekarna.

"Den här tror jag skulle passa alldeles utmärkt."

Hon höll upp en svart ganska kort klänning med spets nertill och ett vackert mönster som gick snett över fram och baksida. Kurt tyckte det såg väldigt smakfullt ut.

"Se till att spara kvittot så får ni byta om det inte skulle passa. Vill du att jag slår in den?"

"Ja, tack."

Kurt betalade och gick. Han var nöjd med köpet.

***

Så blev det julafton. Kurt hade förberett sig flera dagar innan. De skulle vara hos honom, så han hade städat noggrant och plockat fram de få juldekorationer han hade i en kartong i förrådet. Ulrika var inte så noga med sådant där, men det kunde ju vara mysigt att få lite julstämning.

Han hade köpt starkvaror så det skulle räcka och bli över och i kylskåpet stod färdigkokt skinka, sill och gräddfil, grillade revbensspjäll, rödkål och lite olika röror. Ulrika skulle ha med sig potatis, köttbullar och prinskorv. Hon hade också bakat en hallontårta de skulle ha till efterrätt.

De sprang lite mellan varandras lägenheter. Fixade och donade med maten och godisskålar. Klockan ett hade de bestämt att de skulle äta.

Kurt ställde sig i duschen. Efteråt rakade han sig och skvätte på lite rakvatten. Det brukade han aldrig använda, men just i kväll tyckte han att han ville ha det. Han hade också handlat lite nya kläder.

Mode var inte hans starkaste sida, men på Dressman hade de hjälpt honom att hitta en lite modernare stil. Han såg sig i spegeln och var ganska nöjd. Ulrika var van att se honom i lite för stora jeans och flanellskjorta, men nu hade han ett par välsittande mörka byxor med matchande skjorta och slips. Han kände sig väl inte direkt bekväm, men det såg onekligen snyggt ut.

Halv två kom Ulrika in. Hon hade jeans som vanligt men hade satt upp håret och sminkat sig. Hon stirrade på Kurt.

"Men herre min skapare! Är det du Kurt? Jag trodde det var någon från Jehovas vittnen."

Hon skrattade hjärtligt och synade honom från topp till tå.

"Slips har du satt på dig också, det har jag aldrig sett dig i förut. Hmm... Ganska så stilig. Nu får du nog passa dig så jag inte äter upp dig."

De satte sig ner i soffan och smakade på drinkarna som Kurt blandat till av vodka, lime och fruktsoda. Till maten blev det både öl och snaps så när tallrikarna var tömda var de båda på ett strålande humör. Ulrika gick och hämtade sin hallontårta medan Kurt korkade upp en flaska Moscatel.

Ulrika var inte så huslig av sig och brukade sällan laga mat eller baka. Tårtan hade hon i alla fall lagt ner sin själ i och den såg onekligen god ut. Kurt stoppade in en stor bit i munnen och kände genast att den såg bättre ut än den smakade. Det fanns inget socker i, varken i vispgrädden eller hallonen. Det var så surt att tungan nästan krullade sig i munnen.

"Jag har varit försiktig med sockret. Du Kurt skulle verkligen behöva dra ner på midjemåttet och socker är den största orsaken till bukfetma."

"Jo, jag märkte det. Men det var mycket gott. Friskt och syrligt."

Efter tårtan satt de och pratade vid bordet. Det var mest Ulrika
som pratade. Kurt lyssnade som vanligt och flikade in med ett "Ja,
jaha" eller "Hmm" på väl valda ställen. Ulrika föreslog att de skulle
åka på semester tillsammans i sommar.

"Men ska inte du till Gotland som vanligt?"

"Jo, det hade jag tänkt, men den här gången skulle jag tycka att det
vore kul om vi gjorde något tillsammans. Vad säger du?"

Kurt blev glad. Han hade inte haft det så kul under förra
semestern och att nu få åka med Ulrika kändes verkligen som
något att se fram mot.

"Det låter som en mycket bra idé. Vart hade du tänkt att vi skulle
åka?"

"Det har jag inte tänkt än. Vi får väl hitta på något. Vi har ju hela
vintern och våren på oss."

När Kurt tvingat ner den sista biten av tårtan och dessertvinet var
urdrucket, föreslog Ulrika att de skulle ta en promenad så de inte
somnade.

"Vi kan väl gå ner till ån och tillbaka, så blir vi lite pigga till
julklappsutdelningen."

Kurt tyckte att det var en bra idé så de tog på sig ytterkläderna och gick ut.

Det hade börjat mörkna och gatlyktorna var tända. Det var ganska kallt och det knarrade under skosulorna när de pulsade fram i nysnön. Runt omkring lyste juldekorationer i olika färger. Det var nästan ingen trafik och när de närmade sig ån, steg dimma upp från vattnet som ännu inte hunnit frysa till. Det var sagolikt vackert och de båda var på ett strålande humör.

Alkoholen gjorde att balansen inte var på topp så de fick hålla i varandra när de klev på isfläckar och hårt packad snö.

Promenaden hade gjort nytta. När de kom inomhus igen kände de sig pigga.

"Ska vi ha julklappsutdelning nu?" Frågade Ulrika.

"Vi kan väl vänta lite och kolla på Kan du vissla Johanna. Det börjar nu."

De satte sig i soffan och tittade på filmen. Efter att Kurt ledsnat på Kalle Anka, brukade han alltid titta på den och sedan Karl Bertil Johnsson. Det var de två program han tyckte hörde julen till.

Kurt tände värmeljuset under glöggrytan som han förberett med starkvinsglögg, mandel och russin. Glöggen värmde gott och efter ett par muggar hade Ulrika somnat.

Han lät henne sova och fortsatte att titta själv. Sedan puttade han lite försiktigt på henne.

"Ulrika! Ska du vakna nu?"

Hon slog upp ögonen, gäspade och sträckte på sig.

"Oj, jag nickade visst till lite. Det var konstigt, jag som var så pigg.
Vad är klockan?"

"Lite över åtta. Ska vi ha något mer att äta eller ska vi ge varandra
julklapparna?"

"Jag tar gärna lite kaffe och cognac. Så har vi ju lussebullar. Vi kan
väl fika samtidigt som vi öppnar paketen?"

Kurt hämtade cognac medan Ulrika dukade fram kaffe och
lussebullar.

Ulrika såg förväntansfull ut när hon tittade på det vackert inslagna
paketet.

"Undrar just vad du har hittat på. Tror du att jag kommer att bli
glad?"

"Jag hoppas det, men man kan aldrig veta. Lova att du säger till om
du inte tycker om den för då kan vi byta."

"Jag lovar. Nu blir jag riktigt nyfiken, men du får öppna först."

Hon sträckte fram ett paket som han genast misstänkte innehöll
DVD-filmer. Kurt tog lugnt bort omslagspapperet. Mycket riktigt
så låg där en DVD-box med Gudfadern ett, två och tre.

"Du har ju pratat så mycket om att du skulle spela in dom
filmerna, men dom verkar visst aldrig komma. Nu slipper du tänka
på det. Jag har inte sett dom, så vi kanske kan titta tillsammans?"

Kurt sken upp. Han älskade film och just Gudfadern var något av det bästa han sett och den tåldes att se om och om igen.

"Toppen Ulrika! Här har du verkligen hittat rätt. Det är nästan så att jag vill börja titta nu."

"Det kan vi göra, men först ska jag öppna mitt paket."

Hon tog fram sitt paket och började knyta upp presentsnöret. Kurt satt som på nålar.

Hon slet bort pappret och öppnade asken. Kurt studerade spänt hennes ansiktsuttryck för att få en vink om vad hon tyckte.

"Men Kurt vad är det du har köpt?"

Hon plockade upp klänningen och synade noga varje detalj.

"Den är ju jättefin. Vad glad jag blir. Vet du, nu kollar vi på Gudfadern sen ska jag visa klänningen för dig så får vi se hur den passar."

Kurt drog en lättnadens suck. Det här skulle nog bli en bra julafton. Han blandade till två nya drinkar medan Ulrika satte på filmen.

Som vanligt så somnade hon efter halva filmen och när hon vaknade var klockan över elva.

"Va! Är filmen redan slut? Var den bra?"

"Skitbra. Vi får väl se om den någon gång då du är lite piggare."

"Nu ska jag gå och byta om. Du vill väl se vad du köpt till mig? Ta lite mer kaffe så kommer jag snart."

Ulrika tog med sitt paket och sprang in till sig.

Kurt började riva bland cd-skivorna och hittade snart den önskade artisten. Han fixade lite med lamporna så det skulle bli mysig stämning sedan satte han sig i soffan.

Efter tio minuter hörde han hur det tassade utanför dörren och Ulrika kom in.

"Nå, vad tycks? Är jag inte fin?"

Hon ställde sig framför honom och snurrade runt. Hon hade tagit på sig ett par högklackade skor. Detta tillsammans med den tilltagande berusningen gjorde att hon inte rörde sig lika graciöst som vanligt, men det räckte gott åt Kurt. Han var hänförd av uppenbarelsen. Hon var så vacker och sexig. Klänningen smet åt runt både höfter och byst. Den var kanske i minsta laget men det såg onekligen läckert ut.

Hon gjorde några improviserade rörelser och snurrade fram och tillbaka. Klev lite snett och vacklade till. Dansen var kanske inte helt i takt med musiken så det såg ganska roligt ut.

När låten var slut satte hon sig i soffan tätt intill Kurt och gav honom en puss på kinden.

"Tack Kurt, det var en jättefin present du köpt.

"Jag visste inte vad jag skulle köpa. Först hade jag tänkt något annat men kom på att det kanske inte var en sådan bra idé när vi inte är ihop."

"Jaså! Vad var det för något?"

"Jag funderade på en behandling av något slag men jag ändrade mig. Det kanske skulle kunna uppfattats som om jag inte tyckte att du var fin nog som du är."

Ulrika stirrade på honom. Sedan brast hon ut i gapskratt.

"Så vi har en liten romantiker här? Ursäkta att jag skrattar men det där lät inte riktigt som du. Fast det var gulligt sagt."

Hon lutade sitt huvud mot hans axel.

"Om du vill kan jag sova hos dig i natt. Vill du det?"

När Kurt svarade ja, fick han en tupp i halsen så det lät väldigt konstigt.

Kapitel 7

Det var vår i luften. Den hade kommit ovanligt tidigt i år.

Kurt och Ulrika tog som vanligt en kvällspromenad nedåt ån. De hade inte reflekterat särskilt mycket över att de nu var ett par. Det hade fallit sig helt naturligt efter julaftonsnatten och ingen av dem hade gjort någon stor sak av det.

Det hade inte dröjt många dagar innan Ulrika föreslagit att de skulle dela lägenhet. De träffades ju ändå så ofta.

Sjutusen i månaden skulle de spara och det kunde de ha mycket roligt för. Kanske en utlandsresa? De hade tidigare snackat om att fira semestern tillsammans.

Så blev det bestämt. En resa till Kroatien bokades. Fjorton dagar i juni.

Ulrika hade rest en del, till skillnad mot Kurt. Hon hade varit på Kanarieöarna flera gånger och även tågluffat i sin ungdom. Att de just valde Kroatien var bara en slump. De ville resa någonstans där det inte blev så olidligt varmt mitt i sommaren och inte allt för dyrt. I reseguiderna hade de läst att runt Adriatiska havet var klimatet ganska lika som i Sverige på sommaren och priserna var humana. Men det var lång tid kvar och nu väntade vardagen och jobb.

Kurt kände sig nästan lycklig. Minnet av den hemska natten då han vållat en annan människas död, började sakta blekna. Visst kunde han fortfarande vakna om nätterna och känna ångest, men de stunderna blev allt färre. Ulrika hade haft stor del i det. Hon var en mycket intensiv kvinna och Kurt fick nästan aldrig tillfälle att grubbla. Hon var specialist på att leda samtalen i den riktning hon själv önskade. Kurt hade inget emot det. Han trivdes i hennes sällskap och deras personligheter kompletterade varandra på ett bra sätt.

Omställningen från att vara ungkarl till att leva ihop med någon hade inte varit särskilt stor. Flera månader innan jul hade de tillbringat nästan varje ledig stund tillsammans. Nu kändes det naturligt då den sista pusselbiten fallit på plats.

Det var ganska trångt i lägenheten efter att Ulrika flyttat in sina saker. Hon var inte särskilt ordningsam och det gick många veckor innan de kunde röra sig någotsånär fritt. Det störde inte Kurt. Han var nöjd om han kom åt att sitta vid datorn och att det var fri sikt till teven. Annars var det ungefär som förut. De jobbade på lite olika tider och på vardagskvällarna då båda var lediga tog de det lugnt och kollade ofta på film.

Det gick inte så bra för Bengt, Voizec och Vadim. Det senaste uppdraget hade gått snett och de hade blivit rejält tilltufsade av uppdragsgivaren. Bengt hade fått dåligt heroin och mådde inte så bra. Vadim hade varit allt för okoncentrerad. Zoran hade varit den som sett till att deras planer genomförts på ett snabbt och effektivt sett. Utan honom var det som om det nu fattades en länk i kedjan och inget ville längre gå deras väg.

Vadim kunde inte sluta grubbla över hur han skulle kunna komma åt Zorans mördare. Han hade inte tagit upp det med de andra något mer, utan ville vänta tills han hade en färdig plan.

Att den där karlen inte blivit dömd för mordet, gjorde honom väldigt upprörd. Å andra sidan låg nu fältet öppet för att genomföra en hämndaktion.

Han hade varit i kontakt med några killar i Eskilstuna. I de här kretsarna var det inte särskilt svårt att få reda på vart man skulle vända sig. Den undre världen i stan var uppdelat i tre områden som styrdes av lite olika konstellationer. Det förekom en del stridigheter, men läget var ändå ganska stabilt.

Först hade han haft lite informella kontakter med medlemmar i en mc-klubb. Där hade man bra koll på läget och visste ganska säkert vad som hänt och vem man hade att göra med. Man hade också erbjudit sig att ta hand om saken, men detta till ett arvode som var långt över vad Vadim kunde erbjuda.

I Fröslunda med omnejd, fanns en sammanslutning som främst sysslade med narkotika. Där var man helt ovilliga att ha något med saken att göra, rent handgripligen. Däremot kunde man mot rimlig ersättning, erbjuda upplysningar om Kurt Wallgren. Uppgifter som Vadim kunde ha nytta av när han planerade sin hämndaktion.

Vadim betalade vad de begärde och snart började information om Kurts förehavanden strömma in.

Det var inga uppseendeväckande saker. Han verkade leva ett fruktansvärt tråkigt liv med jobb sju till fyra, inga utsvävningar och inga tecken på någon aktivitet som motsvarade hans förmåga. Att han flyttat ihop med ett fruntimmer gjorde att han kanske skulle bli lite mer sårbar och det var ju positivt. Kvinnan var ganska aktiv på Facebook och det gjorde det lite enklare att hålla koll.

Så kom då äntligen en upplysning som förändrade läget. Kurt och hans kvinna hade beställt en semesterresa till Kroatien.

Vadim blev oerhört glad när han fick veta det. Det innebar att han skulle slippa utsätta sig för risker. Att själv åka dit var uteslutet.

Han var efterlyst och risken var stor att han kunde åka fast.

Men han hade kontakter. Gamla militärkollegor som gjorde vad som helst för en summa pengar.

Han var inte sen att ta kontakt. En före detta furir som tjänstgjort under honom, hade bildat en grupp som sysslade med att smuggla narkotika från Bulgarien, via Serbien och Kroatien och vidare till Österrike och Tyskland. För trettiotusen åtog de sig uppdraget. Tiotusen i förskott och resten när uppdraget var slutfört.

Vadim hade varit lite sparsam med att berätta exakt varför han ville ha mannen avrättad, men han hade noga betonat att det skulle ske långsamt och plågsamt. Inget skott i huvudet utan helst med kniv. Det sista han skulle få höra i livet var att detta var en hälsning från Zoran.

Han ordnade fram de uppgifter som hans kollegor i Serbien skulle behöva och lovade skicka pengar så fort som möjligt.

Bengt och Voizec var inte särskilt entusiastiska när de fick höra om Vadims plan. Trettiotusen hade de inte som låg och skräpade och det började bli lite glest mellan uppdragen. Bengt hade just börjat återhämta sig från det dåliga heroinet och tagit sina sista pengar till att skaffa mer av bättre kvalitet.

Voizec skickade en stor del av det han fick ihop, till Azerbajdzjan där han hade sin gamla mor kvar i livet. Att bidra med pengar för att Vadim skulle få sin hämnd, var inget de var särskilt sugna på.

Vadim var ursinnig.

"Era snåla jävla svikare. Knarkare och ynkryggar är vad ni är. Men jag fixar det själv. Kom aldrig sen till mig och be om hjälp, för det här kommer jag aldrig att glömma."

Vadim hade lite undanstoppat så det räckte till förskottet. Resten skulle han väl kunna få ihop på något vis. Fick de inga fler uppdrag, fick han väl göra ett rån eller utpressa några torskar. Det skulle nog ordna sig.

Bengt hade på sista tiden börjat grubbla över sin tillvaro. Han hade sakta återhämtat sig efter pärsen med det förorenade knarket, men hade mycket svårt att sova. Motivationen var i botten och hans annars så livliga intellekt gick nu på sparlåga. Tankarna tog honom tillbaka till tiden innan drogerna och han hade svårt att acceptera hur livet blivit. Han var deprimerad och sjönk allt djupare in i missbruket som nu var hans enda fokus.

Klippet på Youtube där de fått stryk av en ensam gubbe, hade gjort att de inte längre blev anlitade för att driva in skulder. Nu var det mest smutsigare uppdrag som att spöa upp någon knarkare som inte kunde betala för sin sil eller att skrämma livet ur någon hora som inte ville knulla längre. Det var inte så här han hade tänkt att det skulle bli. Långt därifrån.

Voizec var lite inne i samma tankebanor. Han hade också börjat grubbla. Bengt hade snuddat vid ämnet vid ett tillfälle när de var ensamma och att han genast fick sådan respons, gjorde honom både förvånad och glad. De började tala mer och mer om att försöka ändra inriktning på sina liv men de var noga med att hålla det för sig själva.

Vadim mådde heller inte särskilt bra av situationen som uppstått.

Hans tankar gick i riktning mot hur han skulle kunna upprätta deras anseende. Det skulle krävas brutala metoder och inget fick gå fel igen. Att ta kål på Zorans mördare och sedan få ut budskapet om vem som låg bakom utan att röja sig för polisen, var den första utmaningen. Sedan skulle han ta itu med några av sina värsta belackare som hånat dem för fiaskot i Östersund. Att täppa till truten på dem och se till att de aldrig skulle våga öppna den igen, skulle nog göra susen. Men det skulle förmodligen krävas att det kom fram lite mer om hans bakgrund. Nu var det ju länge sedan och det verkade som om intensiteten att jaga krigsförbrytare hade avtagit något.

Han var lite orolig för Bengt och Voizec. Han hade nog märkt hur de drog sig undan och snackade. Bengt som varit en sådan idéspruta var nu bara en skugga av sitt forna jag, oftast insjunken i ett kraftigt heroinrus. Förmodligen skulle han inte ha så mycket hjälp av dem, såvida de inte ryckte upp sig snart. Han funderade mycket över detta och beslöt sig för att låta dem få ta del av lite av hans förehavanden i kriget. Det kanske skulle få dem på andra tankar och få dem att förstå vem de hade att göra med.

Tillfället att prata ut, kom då de träffades i lägenheten i Stockholm. Där väntade de på instruktioner från en av de större aktörerna.

Deras uppdrag var att läxa upp en langare som påstått att han inte fått den utlovade mängden och att det var därför det fattades pengar. Langaren som själv var missbrukare hade förmodligen använt lite av varorna för eget bruk. Han var nu uppsatt på listan över de som behövde lära sig vilka regler som gällde. Langaren i fråga var känd som en labil person och inte sen att ta till våld om han kände sig trängd. I vanliga fall brukade det lösas genom att någon i kretsen runt uppdragsgivaren talade personen i fråga tillrätta. I det här fallet hade det inte hjälpt, utan man hade beslutat sig för att statuera ett exempel. Då anlitade man för säkerhets skull någon utan närmare anknytning till uppdragsgivaren. Vadim hade fått uppdraget och fått fria händer. Största möjliga smärta utan att äventyra fortsatt verksamhet.

I lägenheten drack de öl och småpratade. Bengt hade tagit en alldeles lagom dos och mådde ganska bra. Voizec bläddrade i en biltidning och hade inte så mycket att säga. Vadim tittade på dem. "Fan, vilka ynkliga figurer ni blivit. Har ni inga som helst ambitioner kvar? Hur länge tänker ni tåla att bli förnedrade på nätet och bara få göra skitjobb?"
Voizec lade ifrån sig tidningen.
"Vad menar du att vi skulle göra då?"
"Ja, nånting i alla fall. Jag tänker i alla fall göra något och det är upp

till er om ni vill samarbeta. Annars är det lika bra att vi går skilda vägar."

"Vad tänker du göra då?"

Vadim drack ur ölburken med några ljudliga klunkar och rapade. "Först ska jag ha ihjäl Zorans mördare. Jag ska bryta armar och ben på dom som hånat oss. Sen ska vissa personer få veta vem dom har att göra med. Då lär dom nog bli mer försiktiga med vad dom säger."

Vadim började berätta om sina bedrifter i kriget. Han hade hållit räkningen på alla han dödat med både kniv och kulor. Hur många som dött av granater visste han inte men det hade varit många. Han berättade om hur de torterat fångar på de mest bestialiska sätt för att få upplysningar och hur de våldfört sig på kvinnor och flickor, ja till och med barn. De hade bränt ner hela byar och samhällen. Släppt ut alla husdjur och övat prickskytte på vilsna kor och hästar. Radat upp män och pojkar och avrättat dem med nackskott. Det lyste av upphetsning i hans ögon när han berättade. Bengt mådde illa av det han hörde. Lite hade Vadim berättat förut på fyllan, men inte så här ingående. Om syftet varit att de skulle bli imponerade eller rädda, så fick detta helt motsatt effekt. Både Bengt och Voizec fylldes av motvilja. Det var alltså en sådan person de umgicks med. En sadist som inte hade kände någon som helst ånger för vad han gjort.

De såg på varandra och i samma ögonblick visste de att de kände likadant. Det här skulle förmodligen bli deras sista uppdrag tillsammans med Vadim.

Strax före midnatt fick Vadim ett sms med namn, adress och en bild på killen som skulle uppsökas. Vadim reste sig så fort han läst meddelandet.

"Jaha, då var det dags. Klä på er så drar vi."

Han stoppade en revolver i byxlinningen och ett knogjärn i fickan. Bengt hade en kniv i bältet. Det hade han alltid och den hade flera gånger räddat hans liv. Sista gången den använts var när den fastnade i Zorans axel. Voizec bar inget vapen. Han var ju bara chaufför.

Adressen låg på andra sidan stan. Voizec parkerade på en gata som låg lite avsides, sedan promenerade de fram till hyreshuset där killen skulle bo. Det var portkod, men det var bara att rycka till i dörren så öppnades den. Vadim läste på listan över hyresgäster. "John Grönfors. En trappa". De gick upp och läste på dörrarna. "J. Grönfors. Ingen reklam tack" stod det på dörren. Vadim ringde på men ingen kom och öppnade. Han kikade in genom brevkastet och såg att det lyste. Han ropade in genom springan.

"Hallå John! Kom och öppna. Vi måste prata med dig, det är viktigt."

Det hördes fortfarande ingenting. Vadim plockade fram ett bräckjärn som han knackade in vid låset och knäckte till. Dörren gick upp och de gick in.

Det luktade spyor och var jävligt smutsigt. I en nersutten soffa satt en ung man tillbakalutad och stirrade på dem. Han såg nästan död ut, men han tittade och blinkade. Bengt såg direkt att han var kraftigt påverkad av heroin och helt oförmögen att röra sig. Vadim såg på honom en stund.

"Förstår du varför vi är här?"

Killen sa inget men skakade på huvudet.

"Du är skyldig pengar. Har du några?"

Killen stirrade rakt fram med tom blick och skakade på huvudet igen.

Vadim fiskade upp sitt knogjärn och trädde det långsamt över högerhanden.

"Det var tråkigt. Om man inte betalar det man ska så går det illa och nu kommer det att gå riktigt illa för dig."

Vadim gick fram och höjde högerarmen. Han skulle precis slå, när Bengt tog tag i armen på honom.

"Men för helvete Vadim. Du ser väl vad han är i för skick. Han är ju helt utslagen. Vi kollar om han har något gömt i stället."

119

Bengt släppte hans arm. Samtidigt tog Vadim fram sin revolver och satte pipan i pannan på honom.

"Din jävla idiot! Jag har god lust att sätta en kula i dig här och nu, knarkarjävel. Du tycker väl synd om din kompis som sitter här. Men du kan ju stanna kvar och ta hand om honom. Sen kan du passa på och städa lite så ni kan ha riktigt mysigt. Ni kanske ska sova ihop också?"

Vadim var alldeles röd i ansiktet och hade vansinnesblick. Bengt tog några steg tillbaka.

Samtidigt som Vadim tog tag i killen och slet upp honom ur soffan, höll han revolvern riktad mot Bengt. Med en blixtsnabb rörelse högg han knogjärnet i kinden på killen så att han föll ihop på golvet. Vadim ställde sig med ena foten på hans hand och med den andra foten sparkade han på armbågen så att den knäcktes som en tändsticka. Han gjorde likadant med den andra armen. Sedan lyfte han foten och stampade med all kraft på killens ena knä. Det lät som när man knäcker en nöt. Killen jämrade sig lite men låg livlös på golvet med båda armarna i konstiga vinklar.

"Nu är vi klara. Nu går vi. Det här var uppdraget och det har vi genomfört. Eller snarare jag. Ni var ju inte till stor hjälp."

Vadim stoppade ner knogjärnet och pistolen.

De skyndade sig till bilen. Vadim tände en cigarett och blossade belåtet.

"Den där lär nog betala nästa gång."

Voizec såg bekymrad ut.

"Jag tror inte att han kommer att klara sig. Hur ska det då gå? Vi fick ju stränga order om att han skulle kunna fortsätta langa."

Bengt satt tyst. Det här var droppen. Klart att killen inte skulle överleva om han inte fick hjälp.

"Vi måste ringa ambulans. Om han inte dör av blodförgiftning så dör han av chock."

Bengt fumlade med sin telefon och ringde 112.

"Va fan, är du inte klok! Ska du röja oss?"

Vadim var ursinnig.

"Den här går inte att spåra. Tror du jag är dum."

Bengt uppgav adress och beskrev skadornas för operatören. När operatören frågade efter hans namn, knäppte han av.

Efter några minuter hördes sirener på avstånd.

Det var med nöd och näppe som den misshandlade langaren klarat livhanken. Någon fortsatt verksamhet inom de närmsta åren var det dock inte tal om. Han var mycket illa skadad och skulle förmodligen inte kunna klara sig på egen hand på mycket lång tid.

Uppdragsgivaren hade inte varit nådig i sin kritik. Han gjorde klart för Vadim att några fler jobb kunde han glömma. Att langaren nu var oförmögen att fortsätta distribuera, skulle kosta både tid och pengar. Att hitta någon ny som kunde vara något så när effektiv, var inte det lättaste. Vadim var ännu mer bitter när han lämnade mötet med uppdragsgivaren. Sådant här spred sig snabbt och det skulle förmodligen bli mycket svårt att få några nya uppdrag. Inte ens de mest smutsiga. Det var nog inte mycket att välja på än att på egen hand försöka hitta andra inkomstmöjligheter.

De tre sågs allt mer sällan. Den gemensamma lokalen sades upp och de träffades bara sporadiskt när tillgångarna skulle delas upp och om det var några intressen som korsades.

Bengt var tvungen att ha sitt heroin så han skaffade pengar genom att göra inbrott och plocka plånböcker. Ett och annat personrån förekom också även om det bar honom emot.

Voizec hade redan bestämt sig. Han skulle lägga av med brott och börja leva ett hederligt liv. Han hade inga missbruksproblem och var anspråkslös i sin livsstil. Han hade en bekant som sålde bilar och fick erbjudande om att hjälpa till med rekonditionering. Det var inte mycket i lön men det var svarta pengar och han skulle få både frukost och lunch. Planen var att spara ihop en summa pengar och sedan fara tillbaka till Azerbajdzjan, helst innan hans gamla mor gick bort. Han var enda barnet och huset var i moderns ägo. Om han inte var med och bevakade sina intressen, skulle huset förmodligen konfiskeras. Dessutom skulle det kännas ganska bra att kunna göra något för sin mor den sista tiden hon hade kvar. Visserligen hade de inte haft så mycket kontakt då han var ung, men hon hade i alla fall hört av sig regelbundet när han suttit på de olika anstalterna. Hon hade vid något tillfälle sagt att hon älskade honom trots allt dumt han gjort. Det hade han burit med sig genom livet som ett starkt minne.

Vadim drack ganska kraftigt. Hans häftiga humör och ständiga fyllor gjorde att han fick allt svårare att fungera. Han råkade ofta i bråk och tillbringade en hel del tid i både fylleceller och i rättegångssalar. Han var besatt vid tanken av att hämnas Zorans mördare och längtade efter dagen då det skulle ske. Tiotusen hade han redan betalat och hur han skulle få fram de övriga tjugo, fick väl lösa sig i sinom tid. Huvudsaken var att kräket skulle få plikta. När det var gjort skulle han ta tag i sitt liv och jobba sig upp till en position där han blev respekterad och tjänade bra med pengar.

Då Vadim och Voizec båda bodde i Södertälje, stötte de på varandra ibland. Vadim försökte övertala Voizec om att de skulle börja samarbeta igen. Det var inte så lätt att få något uträttat då han inte hade körkort. Det kryllade ju av trafikpoliser längst vägarna. Om polisen varit lika effektiv med att bekämpa andra brott som de var att ta fast fortkörare, skulle nog brottsligheten i Sverige vara näst intill obefintlig.

Voizec skyllde på att han hade magproblem för att slippa argumentera. Han visste allt för väl att det inte gick att prata med Vadim, såvida det inte fanns rent medicinska skäl att hänvisa till.

Efter att Vadim berättat om sin framfart i kriget, hade Voizec bestämt sig för att aldrig ha något mer att göra med den personen. Om det krävdes, skulle han nog kunna ange honom. Det han hade berättat om att de skjutit och skadat husdjur för nöjets skull, gjorde honom extra upprörd. Nog för att det var hemskt det han gjort mot civila och då speciellt barnen, men djuren. Kor och grisar som inte gjort något ont utan bara funnits där för att människorna skulle få mat. Det var kanske inte normalt att känna så, men det var just så det kändes.

Vadim ledsnade till slut på att tjata. Det tjänade inget till. Ensam är stark och han skulle nog se till att få uträttat det som var nödvändigt utan de andras hjälp. Sedan kunde de komma krypande. Ynkliga och ångerfulla och vilja vara med.

Under de få perioder han var nykter, höll han sig uppdaterad om Kurts förehavanden i Eskilstuna och det var via Ulrikas Facebook som den mesta informationen fanns att hämta.

Det var konstigt att inget framkom som kunde kasta ljus över vad han egentligen var för person. Var det kanske så att hans kvinna var helt ovetande och verkligen trodde att han var en helt vanlig knegare?

Det verkade högst osannolikt. Hon måste väl ha läst vad som skrivits på nätet och vetat vad som hade hänt i lägenheten. Förmodligen hade han väl förbjudit henne att skriva något som berörde detta.

**

Vändpunkten för Bengt kom efter ett misslyckat självmordsförsök. Efter en längre tids depression och grubblande över sin livssituation, hade han kommit till den slutsatsen att det skitliv som han levde var fullkomligt meningslöst. Han skulle förmodligen inte kunna ta sig ur missbruket. Han såg framför sig hur hans liv skulle avslutas av en överdos i någon skitig kvart, omgiven av lika trasiga gelikar som inte brydde sig om vad som hände.

En gång tidigare hade han försökt. Det var länge sedan, när han avslöjades med att ha stulit pengar från sina morföräldrar. De som varit så snälla mot honom genom hela hans uppväxt. Det var hans föräldrar som upptäckt det och konfronterat honom inför morföräldrarna. Besvikelsen som han mötts av hade gjorde honom helt förtvivlad. Den natten tog han medvetet en överdos. Han hittades av en kompis och fördes till sjukhus där han magpumpades och räddades till livet.

Efter det gjorde han ett allvarligt försök att lägga av med knarket. Han gick på behandling i flera månader. Ett tag trodde han att han var fri, men när en kompis erbjöd honom att dela en sil, kunde han bara inte stå emot. Det var som om en ond kraft tagit över hans hjärna och gjorde honom oförmögen att fatta egna beslut.

Den här gången var det annorlunda. Han hade bestämt sig. Efter att ha legat sömnlös och svettats i flera timmar, klev han upp ur sängen. Han klädde på sig, tog fram sin revolver och kollade så att den var laddad. Sedan ställde han sig framför den stora spegeln han köpt på loppis och tittade på sig själv.

"Ja du, din ynkliga varelse. Nu får det allt vara bra. Nu ska du dö och du ska se dig själv i ögonen när du gör det."

Så satte han revolvermynningen mot hjärtat och tryckte av.

Skottet väckte upp grannarna som genast ringde polisen. De var snart på plats och hittade Bengt livlös på golvet. Ambulans tillkallades och snart var han under vård.

I sitt omtöcknade tillstånd hade han inte riktigt hållit reda på höger och vänster. Han visste ju att hjärtat satt till vänster men när han såg sig i spegeln blev det fel. Han hade skjutit sig i höger bröstkorg, punkterat lungan men då han snabbt kommit under vård, hade han klarat sig.

Han hade sett i spegeln hur han tryckt av och hur skjortan färgats röd av blod. Han blev yr och det började svartna. Det gjorde inte särskilt ont och han uppfattade inte när han rasade ihop. I sitt medvetslösa tillstånd hade han sett sina numer avlidna morföräldrar stå och titta på honom. Han hade hört dem säga att det inte var dags för honom ännu. Efteråt förstod han att han hade drömt. Vad annars skulle det vara?

Den finkalibriga kulan plockades ut och hade inte gjort så stor skada. När han vaknat upp ur narkosen, hade han upplevt en förvånansvärt stark känsla insikt. Det var som om något hade förändrats. För första gången på mycket länge, kunde han känna en övertygelse om att vändpunkten hade kommit. Att det nu skulle bli ändring.

Kapitel 8

Så kom sommaren. I början av juni började Kurt och Ulrika sin semester och strax före midsommar gick resan till Kroatien av stapeln. Kurt hade flugit en gång innan. Det var i ett litet sportplan vid en uppvisning vid Kjula flygplats. Tillsammans med sin far hade han flugit tjugo minuter över Eskilstuna. Kurt mindes detta med ett visst obehag. Han hade mått illa mest hela tiden och kräkts över ryggen på sin far. Det var med blandade känslor som han nu satte sig i flygplansstolen och knäppte igen säkerhetsbältet.

Ulrika var entusiastisk. Hon var van att resa och försökte peppa Kurt att se lite mer positivt på det hela.

"Det här blir jätteroligt. När vi väl kommit upp ska vi ta varsin whisky så ska du se att du slappnar av."

Kurt försökte se framåt och fokusera på slutmålet. Själva flygresan skulle ju bara ta några timmar och det fick man väl stå ut med.

Det gick lättare än han trott. Även om starten varit lite obehaglig så kändes det mer som en bussresa. Inte alls som han mindes den vingliga turen med det lilla sportplanet. När de väl kommit upp i marschfart och fick knäppa upp bältena, hade han nästan glömt att han befann sig flera tusen meter upp i luften.

Ulrika berättade om sina tidigare resor och efter att lunchlådorna serverats, tog de varsin whisky.

Kurt var lite trött. Han hade haft resfeber och inte sovit så bra natten innan. Han önskade att hon kunde vara tyst ett slag så att han fick slumra till en stund, men icke. Hennes svada var oändlig och från det att planet lyfte tills det landade, pratade hon oavbrutet. Enda uppehållen var när hon svalde maten och när hon gick på toaletten.

Resan gick i alla fall fort och när de klivit av planet kände Kurt att det verkligen var semester. En ljummen sommarvind slog emot dem och solen strålade från en klarblå himmel.

Ulrika tog ett djupt andetag och slog ut med armarna.

"Härligt! Så här skulle man ha det."

Det gick transfer till hotellet och väl framme blev de mottagna av trevlig och serviceinriktad personal som hjälpte dem till rätta.

Det var havsutsikt precis som det stått i resebroschyren. En härlig sandstrand sträckte sig kilometervis åt båda hållen och alldeles under deras balkong låg en swimmingpool med ett nästan överdrivet blått vatten.

Det kunde inte bli bättre. Ulrika föreslog att de skulle ta ett dopp i poolen innan kvällsmaten. Det tyckte Kurt var en bra idé så han började riva i resväskan efter sina badbyxor. Ulrika hade hjälpt honom att packa så han skulle få med sådant som han kunde visa sig ute bland folk i. Hon hade missat badbyxorna men de hade han packat ner själv. När hon kom ut från badrummet och fick se vad han hade tagit på sig, blev hon först mållös. Sedan började hon gapskratta.

"Men snälla du! Vad är det du har tagit på dig? Du är inte sann. Dom där kan du inte visa dig i. I alla fall inte ihop med mig."

Kurt såg frågande ut och såg sig i spegeln.

"Men vad är det för fel med dom här? Det är ju helt vanliga badbyxor."

"För trettio år sen ja. Du är inte tonåring längre. Dom är ju så trånga att man ser varenda kontur av snoppen och svenska flaggan har man definitivt inte på badkläder nu för tiden. Det här duger inte. Vi får börja med att gå och handla."

Kurt insåg att det skulle vara lönlöst att argumentera, så han klädde på sig igen.

Det fanns en liten butik på hotellet så den saken var snabbt ordnad. Inom kort låg de och plaskade i poolen.

Ulrika som var ganska fysisk av sig, klängde på Kurt när han försökte ta några simtag.

"Nej hör du, nu försöker vi simma lite så vi får upp värmen. Det var ju inte jättevarmt precis."

Ulrika fortsatte att klänga.

"Jag ska nog få dig varm när vi kommer upp på rummet igen. Vänta bara."

Hon gav Kurt en blöt puss, släppte taget och simmade till andra sidan bassängen.

Det blev som hon hade sagt. Kurt ställde sig varm och svettig i duschen. Han var alldeles utpumpad men mycket nöjd och glad. Ulrika gick ut på balkongen och rökte.

Senare passade de på att se sig om i staden. Dubrovnik var vackert och det var många intryck att ta in. Även om staden till ytan inte var så stor, insåg de snart att de bara skulle hinna se en bråkdel under de två veckor de skulle vara där. Här gällde det att planera. Efter några timmars promenerande, började de känna sig hungriga. Det kryllade av uteserveringar och små barer. De tog första bästa som de tyckte såg trevlig ut. De bläddrade intresserat i menyn.

"Vad ska du ta? Här finns ju en hel del smaskigt. Undrar om inte jag ska ta fisk. Titta här, ser det inte läckert ut?"

"Jo, verkligen. Då tar jag också det och en öl."

"Kan du inte ta vin i stället? Öl dricker du ju så mycket hemma."

Kurt tyckte egentligen inte att vin var så gott. Han drack det mest för att Ulrika gjorde det och han gillade det för den positiva effekt det hade på henne.

"Absolut. Du får välja vilken sort vi ska ha."

Middagen blev en verklig höjdpunkt. Den varma sommarbrisen fläktade skönt i deras ansikten och maten smakade gudomligt. Det blev både en och två flaskor vin så när de betalat och skulle gå vidare, var de ganska onyktra men på ett strålande humör.

Det började bli mer liv på stadens gator ju senare det blev. Överallt fanns små butiker med öppna dörrar och utanför hade handlarna radat upp varor som skulle tänkas kunna locka turister till att öppna börsen. Folk verkade glada och vänliga och stämningen kändes gemytlig.

Vid ett litet bord satt en man och plockade med några muggar. Det var ganska mycket folk som stod och tittade på. Kurt och Ulrika gick fram för att se vad det var. Mannen hade tre muggar som stod upp och nervända. En ur publiken lade en slant på bordet varvid mannen snabbt satte muggen över slanten och började flytta runt. Den som lagt slanten fick sedan peka var han trodde den fanns. Han gissade naturligtvis fel och muggmannen lade raskt slanten i sin ficka. Det där pågick hela tiden och nästan varje gång så gissade man fel. De få gånger som någon gissade rätt, fick de dubbelt tillbaka. Ulrika tittade på Kurt och flinade.

"Vore inte det där nått för dig att prova?"

Kurt hade redan tänkt på det.

"Jag vet inte, det är ju så mycket folk här."

"Kom igen nu! Vinn lite pengar, vet jag."

Kurt banade sig fram och väntade. Efter att tio personer före honom förlorat sin slant, var det hans tur.

Han lade ett tio-kuna mynt på bordet. Det motsvarade nästan lika mycket i svenska kronor. Mannen ställde snabbt över muggen och började köra runt muggarna i en väldig fart. Kurt koncentrerade sig och såg nu mycket enkelt hur mannen lyfte på muggarna och myntet gled runt mellan dem. Det var inte alls svårt att se var myntet befann sig när han slutat. Kurt pekade på den rätta muggen.

"Very good!" Sa mannen och gav leende två mynt tillbaka till Kurt.

Människorna runt omkring applåderade.

Kurt provade igen. Det var lika lätt nu. Efter att ha vunnit fem gånger i följd, började applåderna tystna och man började i stället att viska. Den förut så glada uppsynen från mannen vid bordet hade nu ändrats till lätt bekymrad. Efter ytterligare fem vinster, lyste förtvivlan i hans ansikte. Kurt tyckte uppriktigt synd om honom och börja med flit att förlora. Ulrika knuffade honom i sidan och väste.

"Vad håller du på med?"

"Jamen du ser väl hur ledsen han blir. Det här är ju kanske hans enda levebröd och här står jag och nästan fuskar."

Kurt förlorade medvetet fem gånger i rad innan han slutade.

Mannen vid bordet hade nu fått tillbaka lite av sin tidigare uppsyn, men det syntes att han fortfarande var skakad. Han drog en lättnadens suck när Kurt lämnade bordet.

Tiden gick fort och snart var det bara några dagar kvar på vistelsen. De hade båda förälskat sig i staden och dess omgivningar och bestämt sig för att återvända någon gång. Den vackra miljön, den goda maten och de vänliga människorna hade gjort ett starkt intryck.

Flera gånger hade de passerat mannen med muggarna och hejat på honom. Han hade hejat tillbaka med ett ansträngt leende och det syntes att han pustade ut när de gått förbi.

Dagen innan hemfärd hade de bestämt att de skulle gå på en lite finare restaurang. De hade spanat in den tidigare och att det skulle bli gratinerad hummer och champagne var det ingen tvekan om. De hade klätt upp sig och var förväntansfulla. Kurt tyckte att det kändes konstigt men ändå bra på något sätt när de båda gled in genom entrén och blev visade till ett bord. Uppassningen var nästan överdriven. Det var ju ändå inte kungen och drottningen som kommit, men så kändes det nästan.

De fyra män som kommit in strax efter och slagit sig ner vid ett bord intill, verkade lite malplacerade. De var inte särskilt välklädda och skulle nog bättre passa in på något enklare ställe. Kurt fick en känsla av att de iakttog honom och Ulrika, men den känslan försvann då maten kom in. En stor bricka fylld med läckerheter av ostar, kex och små skålar med olika marmelader. En stor flaska champagne som vilade i en vinkylare fylld med is. De ville smaka på allt, men det var så mycket att de bara kunde ta en liten bit av varje.

Då den gratinerade hummern kom in på bordet, vattnades det i munnen på dem. En gång förut hade de ätit hummer tillsammans. Ett par frysta från ICA som kostat fyrtionio kronor styck. Det här var något helt annat. Varje halva vägde säkert över ett halvt kilo och doftade av vitlök och örter.

När efterrätten serverades, som bestod av en kladdig karamellkaka toppad av små söta flarn och vispgrädde, var de så mätta att ingen orkade äta upp allt. Champagnen slank i alla fall ner till sista droppen.

Kurt fick gräva djupt i plånboken när notan skulle betalas. Det var de sista pengarna de växlat in. De hade inte snålat under sin vistelse men undvikit att köpa en massa souvenirer och annat onödigt. Att kosta på sig en lyxmiddag den sista kvällen hade båda varit överens om.

Det var ganska sent när de lämnade restaurangen. Champagnen hade satt sig i benen så de var lite ostadiga när de i armkrok promenerade hem till hotellet. Månen hade kommit fram och det var ett lite spöklikt ljus över himlen. Då det var vardagskväll, fanns inte så mycket folk på gatorna. På några barer satt man fortfarande ute och drack vid borden på trottoarerna. Musik strömmade från fönster och öppna dörrar. Det var en mysig stämning och det kändes lite vemodigt att det här var sista kvällen.

En stor svart skåpbil gled sakta upp bredvid dem och vindrutan hissades ner.

"Hallå där! Behöver ni skjuts?" Ropade föraren på knagglig engelska.

"Nej tack, vi är snart framme" ropade Ulrika tillbaka.

Bilen stannade och ut hoppade två män som kastade sig över dem. Det gick så fort att ingen hann reagera. Innan de förstod vad som hänt, satt de i baksäten mellan två stora karlar. Kurt kände genast igen dem från restaurangen.

Ulrika var skärrad. Hon förstod att de skulle bli rånade.

"Vad vill ni? Vi har inga pengar kvar."

Föraren såg på dem i backspegeln och flinade.

"Nej, några pengar vill vi inte ha. Men vi har en liten hälsning till er från Zoran Jovanovic. Låter namnet bekant?"

Kurt blev iskall och kände sig illamående. Så hette ju han som bröt sig in i lägenheten och som så olyckligt omkommit. Så det var alltså hämnd de var ute efter. Kurt försökte förklara att det hela varit en olyckshändelse men han var så dålig på engelska att ingen begrep vad han pratade om.

"Vad tänker ni göra med oss?" Skrek Ulrika. Hon var nu nästan hysterisk.

Männen flinade bara.

"Vi tänkte att ni kanske skulle få göra Zoran sällskap, var han nu befinner sig. Han har nog ett och annat att säga er, eller i alla fall till gubben här.

Bilen svängde ut på en väg som inte var så väl upplyst. Ulrika började gråta och efter en stund skrika hysteriskt. Mannen som satt bredvid, slog till henne med knytnäven över munnen så att överläppen sprack. Det fick Kurt att tappa besinningen så han slog tillbaka. Slaget gjorde inte någon större skada förutom att göra mannen oerhört arg. Han drog upp en pistol och riktade den mot Kurt.

Oändligt långsamt såg Kurt hur pekfingret spändes mot avtryckaren. Han tog tag i pipan och riktade den bort från sig. I samma ögonblick small skottet av. Ur eldsflamman borrade sig kulan ut precis som han sett hemma i lägenheten. Den var på väg mot mannen som satt i framsätet och som just vänt sig om. Att ändra kulbanan var omöjligt. Han skulle kunna ta tag i mannen och dra honom åt sidan, men vad skulle hända sedan? De var fyra och om de blev en mindre skulle chansen att klara sig vara större. Kurt beslöt att inte göra något. Han vände sig bort när kulan slog in i mannens panna.

Av tryckvågen slogs ena bakdörren upp och mannen som avlossat skottet ramlade ut. Föraren trampade bromsen i botten och bilen tvärstannade. Mannen som satt intill Kurt, började nu fumla efter sin pistol. Kurt förstod vad som skulle hända om han inte reagerade. Han var ju inte särskilt stark och ett slag i ansiktet skulle inte göra så stor skada. Det fanns heller ingen plats för att sparka eller något tillhygge som han skulle kunna använda att slå med. Ulrika hade svimmat och låg med halva kroppen hängande ut genom den öppna dörren. Nu hade mannen fått fatt i sin pistol och var på väg att dra upp den ur innerfickan. När Kurt såg hans vidöppna ögon, fick han en idé. Han särade på sitt pek och långfinger så att det bildade ett v-tecken. Sen tryckte han in fingrarna i ögonen på mannen. Det slafsade till och ögonvitorna färgades röda. Mannen släppte sin pistol och tog sig för ansiktet. Han skrek något alldeles hysteriskt. Kurt greppade pistolen och slog den hårt i tinningen på mannen så att han tuppade av. Mannen som körde bilen såg förvirrad ut. Han verkade inte fatta vad som hänt. Han hade en kniv på instrumentbrädan. Den greppade han och gjorde ett utfall. Kurt kände hur det brände till i nacken när kniven snuddade och gjorde en rispa. Han vände sig mot chauffören som gjorde ett nytt utfall med kniven. Nu var Kurt mer uppmärksam och fick tid att tänka ut nästa steg. Han hade nu en laddad pistol i handen. Något mer dödande ville han inte vara med om. Ett skott i axeln kanske skulle stoppa honom men det var inte alls säkert. Nu började tiden rinna ut och kniven närmade sig Kurts ansikte. Han riktade pipan mot handen som höll i kniven och tryckte av. Kniven ramlade ner tillsammans med fingrarna som greppat den. Chauffören tittade förvånat på sin halva hand och sedan började han skrika. Kurt vände på pistolen och slog honom hårt med kolven i huvudet flera gånger tills han tystnade och segnade ner över ratten. Knallen från pistolskottet var så skarp att Kurt tappade hörseln. Ulrika låg fortfarande avsvimmad med halva kroppen utanför bilen. Kurt tog tag i henne och krängde sig ut.

Det var nästan kolsvart ute och inga ljus från bilar eller byggnader syntes. Det susade och tjöt i hans öron efter knallen och han hade svårt att orientera sig. Någonstans där ute fanns den fjärde mannen. Här stod Kurt och kunde varken se eller höra och med Ulrika som inte var kapabel att ta sig fram för egen maskin. Kurt försökte lyfta upp henne men då hon var helt ledlös blev hon mycket tyngre än hon egentligen var. Han var van att lyfta tunga och ibland otympliga saker från sitt arbete på tippen så han lyckades till slut få upp henne på axeln och började gå framåt i den riktning de kört. Där bakom någonstans fanns den fjärde mannen och i vilket skick han befann sig i, gick inte att veta.

Mannen som ramlat ur bilen hade slagit huvudet i en stubbe och tuppat av. När han vaknade såg han ljusen från bilen cirka femtio meter bort. Han kände efter om det var något brutet men det verkade det inte vara. Långsamt reste han sig och började gå fram mot bilen. Han hade en fruktansvärd huvudvärk och när han var framme, kastade han sin in genom den öppna bakdörren och satte sig i baksätet.

Det var blod överallt. Bredvid satt hans kamrat tillbakalutad och avsvimmad med blod rinnande från båda ögonen. I framsätet låg den andra med huvudet snett mot instrumentbrädan och med ett skotthål mitt i pannan. Att han var död var det ingen tvekan om. Chauffören var också avsvimmad och nedsölad av blod. När han fick se handen där fingrarna var borta, blev han alldeles iskall. Vad var det för ett monster de hade att göra med? Han tog fram sin pistol, kastade sig ur bilen och spanade åt alla håll. Sen började han springa. Han tvekade först åt vilket håll, men sedan sprang han tillbaka där de kommit från.

Kurt hade kommit några hundra meter med Ulrika på axeln. Nu

orkade han inte längre utan stannade och släppte försiktigt ner henne på marken. Han var genomsvettig men hade i alla fall fått tillbaka hörseln. Ulrika började gny och var på väg att vakna upp. Han strök henne över håret.

"Ulrika hur är det med dig? Du måste vakna nu så vi kommer härifrån."

Ulrika tittade upp och såg förvirrad ut.

"Vad är det som har hänt? Var är vi?"

"Ta det lugnt, du tuppade av men du måste komma på fötter. Tror du att du orkar?"

Kurt tog tag i henne och försökte resa henne upp. Det gick bra till en början men så segnade hon ner igen.

"Nej, jag orkar inte. Jag mår så jävla illa. Kan jag inte bara få vila lite?"

"Inte nu. Det är en kvar som kanske letar efter oss så vi måste komma härifrån. Försök att resa dig, snälla."

Hon gjorde ett nytt försök och den här gången gick det bättre. Ulrika tog stöd mot Kurt och de började sakta gå längs vägen.

"Vänta jag måste spy!"

Hon böjde sig ner och kräktes. Kurt försökte hoppa undan men det kom lite på hans sko. Då kräktes Kurt också.

De fortsatte gå och snart kunde de skönja ett ljus längre fram. Det visade sig vara en bensinstation. Den var stängd men i alla fall upplyst. De satte sig ner på refugen vid pumparna och pustade ut. Ulrikas ansikte var nerblodat av den spruckna läppen som nu hade svullnat och såg grotesk ut.

"Har du mycket ont?" Frågade Kurt.

"Nej, det känns inte alls, men jag mår fortfarande illa."

Kurt tog sig åt nacken och kände hur handen blev blöt. Han hajade till när han såg att det var blod. Det gjorde inte ont och han hade inte märkt något, men nu förstod han att det var ett knivsår.

"Men Kurt! Du blöder ju."

Ulrika blev skärrad. Hon tog fram en pappersservett hon hade i fickan och sa till Kurt att böja sig fram.

Försiktigt torkade hon bort blodet från hans nacke och kunde till sin lättnad se att det bara var en rispa.

"Åh, vilken tur. Det är inte så djupt men det blöder mycket. Vad ska vi göra Kurt? Vi måste komma härifrån."

Hon hann knappt avsluta meningen då de såg en bil komma. Den saktade ner och svängde in till macken. De fruktade att det kunde vara bilen som de färdats i, men såg snart att det var en annan. Bilen stannade till vid pumparna och en äldre man klev ut. Han hajade till när han fick se dem men verkade inte bli rädd. Ulrika förklarade kortfattat på engelska vad som hade hänt, men mannen förstod inte. Till slut lyckades de i alla fall övertyga honom att de var i fara och måste få hjälp att komma därifrån. Mannen tankade sin bil och visade att de kunde åka med.

Nu kände de sig lugnare. Efter någon kilometer blev det tätare bland bebyggelsen och de förstod att de närmade sig utkanten av staden. Mannen pekade åt alla håll för att få en uppfattning om vart de ville komma.

"Polis! Kör oss till polisen"

Det förstod mannen och svängde av in mot centrum. Strax var de framme. Kurt grävde i plånboken och hittade en sedel som han sträckte fram till mannen. Han slog ut med armarna och vägrade ta emot den. Kurt tog hans hand och skakade den.

Dörren till polisstationen var upplåst så det var bara att kliva in. I receptionen satt en ung kvinna som såg mycket trött ut. Som tur var kunde hon prata utmärkt engelska och Ulrika hade inga problem med att förklara vad som hade hänt. Hon ringde ett telefonsamtal och strax kom en uniformerad polis. Flickan berättade vad Ulrika sagt. Polisen tittade misstänksamt på Kurt och Ulrika. Ett tag befarade de att de inte skulle bli trodda, men tydligen såg de trovärdiga ut. Polisen ropade i sin radio och efter en kort stund drällde det av poliser inne på stationen. Polismannen gestikulerade och skrek ut order och snart rusade alla ut.

På den ensliga vägen hade den fjärde mannen bara hunnit springa ett kort stycke innan han ångrat sig. Han kunde inte bara lämna sina kamrater i sticket. En var död men de båda andra levde och kom de inte under vård, kanske de inte skulle klara sig. De skulle naturligtvis åka fast, men då fick det väl bli så. Han vände och gick med bestämda steg tillbaka mot bilen med ett krampaktigt grepp om pistolen. Han hade just lyft ut chauffören för att sätta honom i baksätet då han hörde sirenerna och såg blåljusen. Han släppte mannen på marken och rusade in i skogsbrynet där han gömde sig i ett tätt buskage. Snart kryllade det av poliser vid bilen och strax därpå kom ambulans och tog hand om de skadade.

Kurt och Ulrika blev väl omhändertagna. De blev tvättade och fick sina skador omplåstrade. Kurt som hela tiden varit på helspänn, började nu slappna av kunde känna hur ångesten kom krypande. Skulle eländet aldrig ta slut? En till som dött och flera andra svårt skadade. Ulrika såg hur skakad han var.

"Grubbla inte på det här nu. Du ska vara glad att vi klarade livhanken. Hade du inte haft din förmåga skulle vi varit döda nu."

"Nej, om jag inte haft den, skulle det här aldrig hänt."

"Nej, och vi kanske inte blivit tillsammans. Man kan inte tänka så. Det som har hänt har hänt och det är inget vi kan göra något åt.

Nu har vi ju varandra och nu får vi se till att se framåt."

Det var en klen tröst trots att hon hade rätt. Det fanns både det som var bra och mindre bra med det som drabbat honom även om det dåliga nu var lite väl markant. Mycket kunde man väl stå ut med, men att det skulle behöva dö en massa människor kändes väldigt tungt. Det hade varit svårt att förlika sig med den första händelsen. Att det nu hade blivit ytterligare ett dödsfall, skulle bli jävligt jobbigt att leva med.

Tidigt på morgonen blev de skjutsade till hotellet och fick äntligen sova.

Det hade hunnit bli eftermiddag när de vaknade. Flyget hem till Sverige skulle strax gå och det fanns inte en chans att de skulle hinna med det. Det fanns inget annat att göra än att försöka boka en ny avgång.

När de ätit brunch och skulle bege sig till flygplatsen, blev de hejdade av två poliser som förklarade att de måste följa med till stationen och lämna en redogörelse över det som hänt. Det var väl inte så konstigt med tanke på hur allvarligt det varit och att det faktiskt fanns ett dödsoffer.

På stationen blev de visade till ett förhörsrum där de fick vänta i flera timmar innan en allvarlig herre med rufsigt hår kom in och satte sig mitt emot dem. Han bläddrade i en bunt papper som han hade i en mapp. Han sa inte ett ord utan grymtade och suckade när han läste. Efter en stund lade han ifrån sig mappen, tittade på dem och började prata på bruten svenska.

"Jag heter Miroslav och arbetar på våldsroteln här i Dubrovnik. Jag har bott i Sverige i nästan femton år och har en svensk fru, om ni undrar varför jag pratar svenska."

Han gjorde ett långt uppehåll och öppnade mappen igen.

"Hmm... Det här var då en märklig historia. Nu får ni nog ta det från början."

De berättade allt som hänt från det att de lämnat restaurangen. Mannen lyssnade intresserat och suckade tungt när de var klara.

"Nu är det så att jag varit i kontakt med den svenska polisen och dom delgav mig inte bara en utan två händelser i Sverige som inte var helt olik denna. Vem fan är du, Kurt Wallgren?"

Kurt suckade och började berätta allt från början. Om hur bilolyckan förändrat honom så att han plötsligt börjat se saker i ultrarapid Ulrika kompletterade hans berättelse med att berätta om experimenten de utfört och försäkrade mycket bestämt att allt var sant.

Det märktes att polismannen hade svårt att tro på det han hörde. Han hade tagit del av den svenska polisens utredning efter dödsfallet i Kurts lägenhet och nu liksom då, fanns inget konkret som skulle kunna resultera i en fällande dom. Visst skulle de kunna hålla honom kvar i några veckor, men det skulle förmodligen inte leda till något, förutom en massa jobb.

"Kan ni visa något som skulle kunna göra er historia mer trovärdig?"

"Försök att slå honom och träffa ansiktet." Föreslog Ulrika.

Polismannen flinade och stirrade in i Kurts ögon. Med en hastig rörelse måttade han en örfil mot Kurts ansikte. Kurt drog huvudet bakåt så att slaget strök förbi utan att träffa.

"Tur" sa polismannen, lutade sig fram och måttade ett nytt slag. Kurt böjde ner huvudet så att slaget passerade en bra bit ovanför.

Nu började polismannen se något förvånad ut. Han knöt sin hand och måttade ett slag rakt framifrån och nu tog han i ordentligt. När knytnäven nått halvvägs tryckte Kurt ner den i bordet så att pennor och gem hoppade högt. Kraften i slaget gjorde att något knöt sig i armen och polismannen grinade illa. Han tog sig runt underarmen samtidigt som han ropade ett namn. Dörren öppnades och en ung och välbyggd polis kom in.

Den äldre polisen beordrade Kurt att ställa sig upp mot väggen.

"Tomasi här är kampsportsexpert och landslagsman i boxning. Har du något emot att han gör ett försök?"

"Nej, då det går bra" sa Kurt.

Den unge mannen såg frågande ut och trodde att den äldre

mannen skämtade. Men förstod efter att ha mött hans blick, att det var på allvar. Han studsade runt lite som om det var en boxningsmatch och slängde snabbt ut en ganska lam vänsterjabb mot Kurts haka. Det gick så långsamt att Kurt nästan blev irriterad. Han duckade enkelt. Strax kom en ny jabb med samma resultat. Nu ökade han intensiteten och levererade en kombination av snabba korta slag. Inget av dem var i närheten av att träffa. Den unge mannen blev frustrerad och började ta i och använde all sin skicklighet. Det var som om han hela tiden slog i luften. När den äldre beordrade honom att sluta, var han genomsvettig och mycket förvånad. Kurt stod kvar till synes oberörd. Den äldre skickade ut honom och bad Kurt sätta sig ner igen.

"Ja, jag vet inte vad jag ska säga. Det där om trafikolyckan är ju bara skitsnack. Hur kan man hitta på en sån historia? I alla fall så får ni gå nu. Jag har inga mer frågor."

Kurt och Ulrika reste sig och gick ut. När de hade gått sprang den unga boxaren fram.

"Vad är det frågan om? Vad var det där för en? Jag har aldrig varit med om något liknande."

"Kom här ska du få se"

Den äldre mannen satte sig vid datorn och surfade in på Youtube.

"Det här tipsade dom om i Sverige. Kolla får du se. Det är samme man."

Klippet från Östersund spelades upp.

"Du, det där är inte vem som helst. Han är specialtränad."

"Ja, så är det nog. Det ryktas att han är israelisk agent och tjänstgjort som instruktör i närstrid hos Mosad. Det stämmer förmodligen. Om vi hållit honom kvar, skulle det nog resulterat i en massa diplomatiskt tjafs så det var nog bäst att han fick gå."

Det dröjde ytterligare ett par dagar innan Kurt och Ulrika fick tillbaka passen och kunde resa hem. Det var med lättnad de satte sina fötter på svensk mark. Tänk att något som börjat så bra skulle behöva övergå i ett sådant elände. Det verkade vara Kurts lott i livet att det skulle vara så.

Det var i alla fall ett par veckor kvar på semestern och för att slippa sitta och fundera hemma i lägenheten, bestämde de sig för att bila runt i Sverige resten av tiden.

Kapitel 9

Tre veckor efter att Kurt och Ulrika kommit hem från Kroatien, fick Vadim höra om det misslyckade uppdraget. Först blev han alldeles kall och hade svårt att tro att det var sant. När han sedan blev anklagad av serberna för att ha fört dem bakom ljuset och hållit inne med information om det tilltänkta offret, blev han rädd. Förutom den överenskomna ersättningen, krävde de nu nästan en halv miljon för de skador de ådragit sig. De krävde också ytterligare tvåhundra tusen till den avlidnes familj. Det skulle betalas innan årsskiftet. Pengarna skulle han aldrig kunna få fram hur mycket han än ansträngde sig. Möjligen skulle ett värdetransportrån kunna lösa problemet, men det förutsatte att han fick tag i pålitliga kompanjoner och det skulle förmodligen vara omöjligt. Bengt och Voizec hade varit tydliga med att de inte ville ha något mer samarbete och hans övertalningsförsök hade bara resulterat i ännu större avståndstagande. Hans rykte var inte det bästa så någon annan som rimligen skulle kunna komma i fråga, gick nog inte att finna. Möjligen någon gröngöling som ville göra karriär i branschen, men det skulle vara allt för riskabelt.

Han visste att serberna oftast menade allvar. De drog sig sällan för brutala metoder för att få sin vilja igenom. Han hoppades på att de nu var allt för hårt tilltufsade och inte så benägna att resa till det kalla Norden. De tillhörde ju trots allt inte det översta skiktet i den kriminella hierarkien i landet. Med lite perspektiv på det hela, kanske de så småningom skulle kunna sänka sina krav.

Tiden gick utan att han hörde något från Serbien. Rädslan hade avtagit, men besvikelsen över att den som tagit livet av hans kompis fortfarande levde, blev allt större. Han kunde inte släppa tanken.

Vadims alkoholmissbruk tilltog alltmer. Till slut hade det gått så långt att han stundvis tvingats leva på gatan som hemlös. De få gånger han lyckats få tag på kontanter, resulterade i några hotellnätter och restaurangbesök, sedan hade pengarna tagit slut. Det var vid ett sådant tillfälle som han stötte ihop med Bengt och Voizec.

Vadim hade rånat en ensam man som varit på väg hem efter en blöt natt på krogen. När han knockat honom och länsat hans fickor, hittade han en sedelbunt med nästan trettio tusen kronor. Det blev början på en vecka med fina livet. Han tog genast in på hotell, köpte nya kläder och åt fina middagar. På lördagen hade han grundat ordentligt på hotellrummet och tänkte avsluta kvällen på en av de bättre krogarna. Trots att han varit höggradigt berusad, kunde han föra sig och hade inga problem med att komma in. Efter att ha suttit i baren en stund, fick han syn på två bekanta ansikten.

***

Bengt och Voizec hade börjat umgås allt tätare. Voizec hade jobbat hårt med långa arbetsdagar och hade nu tjänat ihop så mycket att han snart kände sig beredd att fara hem till Azerbajdzjan.

Bengt hade efter sitt självmordsförsök och sin fängelsevistelse, lyckats komma in på ett bra behandlingshem där man verkligen brydde sig och hade en behandlingsmetod som såg ut att kunna fungera. Han hade varit där i åtta veckor och när behandlingen var klar, kände han att det var nu eller aldrig.

Han hade efter mycket vånda, tagit kontakt med sina föräldrar. De hade inte träffats på femton år. Några större förhoppningar om återförening hade han inte haft. Desto större blev hans förvåning då han hade blivit mottagen med sådan värme och kärlek.

Efter det hade han lämnat Stockholm och flyttat tillbaka till Södertälje. Turligt nog lyckades han få en lägenhet i samma hyreshus som Voizec.

Det var mycket nära att Bengt återfallit i missbruk några gånger, men nu var han starkare och med stöd från både föräldrarna och Voizec lyckades han stå emot. Nu kände han att suget hade blivit svagare och att han på egen hand kunde stå emot.

Han hade kommit in på Komvux och börjat läsa in de ämnen han missat i gymnasiet. Det gick lätt. Fortfarande hade han tillräckligt med hjärnceller kvar och motivationen hade aldrig varit större.

Han var väl inte riktigt klar över hur han skulle forma sin framtid, men att knarket inte skulle ha någon plats där, var fullständigt klart.

Om kvällarna brukade han och Voizec träffas över ett par öl och snacka. Då och då gick de ut tillsammans och festade lite. Att sluta helt med berusningsmedel var det inte tal om. Visserligen är alkohol starkt beroendeframkallande, men jämfört med heroin, var det ingenting. Bengt hade inga problem med det.

∗∗∗

Det var vid en utekväll som de träffade på Vadim.

De såg direkt att han var kraftigt påverkad när han med bestämda steg gick fram till deras bord och slog sig ner.

"Hallå grabbar! Det var länge sen. Hur är läget?"

De småpratade en stund. Vadim beställde in två sexor vodka som han snabbt hällde i sig. Han berättade i förskönande ordalag om hur han hade det och hur hans framtidsplaner såg ut.

Det blev ytterligare några sexor vodka och snart var han så berusad att han inte längre tänkte på vad han sa.

"Jag har bestämt mig. Det är ju meningslöst att leja några oduglingar som inte klarar av en ensam gubbe. Jag ska göra det själv. Jag ska skjuta den jäveln. Jag ska lägga mig i bakhåll och sätta en kula i magen på honom. Sen när han ligger där och kvider, ska jag gå fram och hälsa från Zoran innan jag skär halsen av honom. Det ska bli ett sant nöje."

Det var flera personer som hörde vad han sa. Bengt och Voizec såg sig oroligt omkring. Det här var något de inte ville bli inblandade i.

Vadim blev snart så berusad att han fick ledas ut av vakterna.

Bengt kliade sig i huvudet.

"Fan, det här var inte bra. Det får inte hända något mer nu. Vi måste göra något."

"Ja, men vad?"

De satt båda tysta en lång stund.

"Vi ser till att han åker dit. Inte för det han gjort ihop med oss utan för vad han gjorde i kriget. Det han berättat. Han är ju internationellt efterlyst för krigsbrott."

"Men tror du inte att vi måste vittna då? Det kanske inte är så bra. Då lär vi nog ligga risigt till."

"Vi tipsar anonymt. Skriver ett brev om det han berättat. Sen hoppas vi att man får tag i vittnen som varit med. Det kan ju inte vara helt omöjligt. Domstolen i Haag lär väl ha rätt bra koll? Sen tycker jag att vi varnar gubben. Det var ju faktiskt inte han som började. Varför ska han behöva sätta livet till?"

Resonemanget på krogen övergick så småningom till en plan. De var båda överens om att syftet inte bara var att sätta dit Vadim eller att döva sina egna dåliga samveten. Om nu båda skulle förändra sina liv och leva som hederliga människor skulle de vara tvungna att börja göra bra saker. Varför då inte börja med att rädda livet på en människa? Nog för att han hittills klarat sig bra på egen hand, men ett gevärsskott på distans skulle han vara chanslös mot.
Vad Vadim beträffade, så hade de visserligen varit goda vänner och haft många påsar ihop, men efter det att han berättat om de grymheter han gjort sig skyldig till i kriget och inte visat någon som helst ånger, var det inte mer än rätt att han fick sona sina brott.
De satt flera kvällar och plitade ner det de hört Vadim berätta. Platser och tidsangivelser då olika övergrepp ägt rum. Vadim hade med stor entusiasm beskrivit vissa händelser och det gällde att få med så mycket som möjligt.

De postade tre brev. Ett till krigsförbrytartribunalen i Haag. Ett till rikspolischefen och ett till Aftonbladet.

De hade ingen aning om hur lång tid det skulle ta för rättsväsendet att få fatt i Vadim. Han hade för tillfället ingen fast adress och mer uppgifter än det de skrivit i breven, kunde de inte bistå med utan att riskera att själva bli inblandade. Nu var det viktigt att snabbt varna Kurt Wallgren, innan Vadim gjorde verklighet av sitt hot. Att skriva ett brev kändes inte helt säkert. Det kanske han inte skulle ta på allvar. Det var nog nödvändigt med en konfrontation. Hur det skulle gå till fick de fundera ut. Det borde inte innebära någon risk, såvida han inte skulle få tokspel. Det fanns inget som tydde på att han attackerat någon om det inte varit i självförsvar, men man kunde ju inte vara helt säker.

Efter mycket vånda bestämde sig Bengt för att han skulle ringa i stället.

***

För Kurt och Ulrika hade tillvaron sakta men säkert återgått till det normala. Det hade varit tufft efter semestern men att få dela sina tankar med någon i samma situation hade känts skönt. Nu kunde de lägga detta bakom sig. Visst kom det bakslag, särskilt för Kurt. Speciellt när han hade svårt att sova. Då kom ofta tankarna på att han orsakat två människors död. Han brukade tänka på vad han skulle ha haft för alternativ. När han kastat flaskan kunde han inte ana att kulan skulle träffat med ett så olyckligt resultat.

I bilen kunde han kanske ha kunnat riktat pistolen så att skottet inte tagit i huvudet. Men nu gick det ju inte att spola tillbaka tiden så sådana tankar var ganska meningslösa. Men de fanns där ändå.

Det var skönt att börja jobba igen. Där var det alltid fullt upp och ingen tid för grubblerier. Intresset från arbetskamraterna hade falnat och med tiden kom tankarna på det som drabbat honom allt mer sällan.

De började växa ihop, Kurt och Ulrika. De var väldigt olika men kompletterade varandra väl. De hade mycket roligt tillsammans men gav också varandra utrymme för egen tid. Efter så lång tid som ungkarl kändes det fantastiskt att ha någon som fanns vid sin sida, någon som lyssnade. Nu var kanske inte Ulrika typen som var en sån god lyssnare, men Kurt visste att hon brydde sig och det var huvudsaken.

En kväll när de hade ätit och satt och tittade på rapport, ringde telefonen. Båda hoppade till. Det var så sällan någon ringde.

"Ja hallå, det är Kurt."

"Hej jag heter Bengt. Har du tid att prata en stund eller ringer jag och stör?"

"Det går bra. Vad gäller saken?"

Det blev en kort paus. Personen i andra luren verkade nervös.

"Jo, det är så att jag är en av dom personer som var med vid krockincidenten i Östersund."

Kurt stelnade till.

"Först vill jag be om ursäkt. Inte för att du har någon nytta av den, men jag vill att du ska veta att två av oss har bestämt oss för att ändra inriktning på våra liv. Själv håller jag på att bli fri från knarket och min kompis Voizec har skaffat ett riktigt jobb. Vi har lämnat kriminaliteten bakom oss."

Bengt var konfunderad. Vad skulle det här leda till?

"Dom andra då? En är ju död som du vet."

"Jo, jag vet. Zoran hette han. Det är inget som vi sörjer. Det är den fjärde personen som mitt ärende gäller. Vadim. Han kan inte släppa det här med Zorans död och har svurit att hämnas. Det var han som låg bakom händelsen i Kroatien och nu tänker han ta saken i egna händer. Han tänker skjuta dig från bakhåll."

Kurt började svettas. Nu när allt börjat kännas bra igen.

Ulrika hade märkt att allt inte var som det skulle. Hon tittade oroligt på Kurt.

"Jaha, det var inga goda nyheter precis. När är det tänkt att det här ska ske då?"

"Det vet jag inte. Men det är nog bäst att du kontaktar polisen så
fort som möjligt och sen är det nog klokt om ni tills vidare inte bor
hemma. Undvik att skriva något på sociala medier och låt inte
någon veta var ni befinner er. Vadim kommer snart att åka fast och
då är ni säkra igen."

"Hur kan du veta att han åker fast och när i så fall?"

"Det vet jag inte men han är efterlyst för krigsbrott i Bosnien och
polisen är efter honom. Det rör sig nog bara om dagar innan dom
tar honom."

"Så det betyder att han kan vara här utanför nu och knäppa mig så
fort jag går ut?"

"Så kan det vara. Ring polisen och berätta det jag sagt så hoppas
jag att du får hjälp."

Bengt lade på luren. Kurt satt och stirrade rakt fram. Ulrika tittade
oroligt på honom.

"Men vad var det där om? Vad är det som händer?"

Kurt berättade vad mannen i telefonen sagt.

"Men herregud! Ring polisen på en gång."

Ulrika var i upplösningstillstånd. Kurt letade i sin plånbok och fick
fram kortet från kommissarie Melin.

Han slog numret.

"Hej! Det här är Sven Melin. Jag kan inte svara just nu. Lämna ett meddelande efter pipet så ringer jag tillbaka."

Kurt stammade fram det viktigaste som mannen hade berättat och bad kommissarie Melin att ringa så fort som möjligt.

Kurt och Ulrika satt alldeles tysta. Det var ovanligt att Ulrika var tyst så länge. Det var uppenbart att hon var mycket nervös. Efter en stund ringde telefonen. De hoppade högt igen.

"Ja, det är Kurt."

"Hej! Det är Sven Melin här. Jag hörde ditt meddelande och förstår att du är orolig. Det behöver du inte vara. Vadim Vujin greps i går och sitter häktad. Han är internationellt efterlyst och kommer med största sannolikhet att utlämnas till krigsförbrytartribunalen i Haag."

Kommissarie Melin var väl påläst. Sedan han först kommit i kontakt med Kurt Wallgren hade han fascinerats av historien och noga följt allt som skrivits. Händelsen i Kroatien gav ytterligare näring åt intresset och han var nu ganska insatt i alla turer som varit. När rikslarmet från Stockholm kom, hade han själv deltagit i spaningarna efter Vadim och också medverkat vid själva gripandet. Det hade skett helt odramatiskt vid en korvkiosk i Södertälje. Vadim hade varit mycket berusad. Han lät sig lugnt gripas utan motstånd.

Kurt och Ulrika pustade ut. Traumat hade varit kort men intensivt.

De var fortfarande uppe i varv när de gick till sängs.

"Kurt, kan vi inte mysa lite?"

Ulrika kröp in under hans täcke och nöp honom försiktigt i magfläsket. Först hade han inte haft en tanke på något sådant, men när han kände värmen från Ulrikas kropp, kom en välbekant ryckning i de undre regionerna.

"Jo, det kan vi väl."

***

Vadim var nästan klar med sina förberedelser. Han hade lyckats få disponera en liten lägenhet av en som skulle sitta på kåken i några månader. Vid ett inbrott i en finare villa hade han hittat en älgstudsare med kikarsikte, som inte varit inlåst. Ammunition var enkelt att få tag i. Nu var han utrustad för att sätta sin plan i verket. Han skyndade sig ner till systembolaget innan de skulle stänga. Det måste ju firas att han äntligen skulle få sin hämnd.

På vägen hem träffade han på Siirpa. En äldre kvinna som ofta hängde med A-lagarna och som brukade hålla till vid torget. Hon verkade inte vara i bästa skick och när hon fick se Vadim frågade hon om hon fick följa med. Siirpa hade ingenstans att bo och brukade få husrum av bekanta i utbyte mot sexuella tjänster. Vadim lät henne komma med.

Det blev ett hejdlöst supande i lägenheten. När klockan började närma sig midnatt kände Vadim att han började bli hungrig. Han klädde på sig och gick ner till korvkiosken för att köpa korv. Det var lite mer folk än vanligt som stod i kö. Vadim var inte helt stadig i benen så han råkade trampa en ung tjej på foten. Hennes finnige pojkvän skrek åt honom att han skulle ta det lugnt. Var det något som Vadim inte tålde så var det att någon skrek åt honom. Han gav grabben en dansk skalle så att han flög flera meter bakåt och blev sittande på marken med en intryckt blodig näsa och ett förvånat uttryck i ansiktet. Kioskkön skingrades och någon ringde efter polis. Det dröjde bara några få minuter innan polisen var på plats. Poliserna hade nyligen tagit del av uppgifterna från rikslarmet och innan de var framme vid Vadim hade de sett att det var han. De stannade tvärt och drog sina vapen och skrek åt honom.

"Stanna! Ner på knä och håll händerna över huvudet."

Vadim fattade inte vad det var frågan om.

"Men för helvete, det var ju bara en liten smäll. Vad håller ni på med?"

En av poliserna hade gått runt och slagit undan benen på honom så han hamnat på marken. Snabbt fick han handfängsel och restes upp. Runt omkring stod människorna som stått i kön och var mycket förundrade över polisens rådiga ingripande.

Han föstes snabbt in i polisbilen. På stationen fick han veta vad han anklagades för. Då insåg han att loppet var kört.

Under kommande förhör sa han inte ett ord. Inte ens till advokaten som han blivit tilldelad.

Det anlände utredare från både Holland och Frankrike, men ingen av dem lyckades få Vadim att börja tala. Bevisläget var emellertid så starkt att det gick väldigt snabbt med utlämningsarrangemanget.

Inom några veckor satt han inför tribunalen i Haag, fortfarande utan att säga ett ord.

Vittnen fanns det gott om. De stod på kö för att peka ut honom som skyldig till de mest fasansfulla övergrepp.

Vadim dömdes till livstids fängelse och domaren avslutade sitt anförande med att säga att han hoppades att Vadim aldrig mer skulle kunna sätta sin fot på fri mark igen. Då skrek Vadim fram den första och enda mening han yttrat under hela processen.

"Бринн сам Хелветет, jавла идиотер!" (Brinn i helvetet jävla idioter)

Kapitel 10

En mulen höstkväll passerade en rostig Mercedes Öresundsbron. I den satt tre sammanbitna män. En av dem hade väldigt röda ögon. Den andre hade bara tummen och pekfingret kvar på högra handen. Den tredje som var lite kraftigare än de övriga, verkade det inte vara något större fel på. Det var han som körde.

Rättegången som följde efter att de gripits, hade varit rena parodin. Alla tre hävdade att det var de som blivit överfallna och att de hade fått kämpa för sina liv mot den hänsynslöse utlänningen och hans kvinna. Vad syftet hade varit kunde de bara spekulera om, men förmodligen hade det att göra med något som hänt under kriget. Hur några svenskar kunde vara inblandade var ett mysterium. Rätten var oenig men det slutade med frikännande för alla tre.

För en kort tid sedan hade nyheten om Vadims gripande nått fram. Han som var skyldig så mycket pengar. Nu var han ouppnåelig men någon måste betala.

Det hade suttit långt inne med att analysera deras misslyckande i Dubrovnik. De hade länge tvekat om de skulle gå vidare eller helt enkelt bara låta det bero. Efter mycket diskuterande hade de i alla fall kommit fram till att något måste göras.

Visserligen verkade det tilltänkta offret de haft i uppdrag att likvidera, vara en synnerligen farlig och oberäknelig man, men han hade orsakat mycket smärta och besvär. Dessutom var han förmodligen den som låg bakom Vadims gripande och var då indirekt ansvarig för att de inte kunde få sitt begärda skadestånd. Allt hade fallit på plats då de fått höra att Vadim var gripen och utlämnad. Naturligtvis var det så att offret i själva verket var en agent utsänd av krigsförbrytartribunalen för att leta efter och avslöja personer som var efterlysta för krigsbrott. Det de läst och sett om honom hade stärkt dem i deras övertygelse. Den där jävla Vadim. Det hade inte varit hämnd han var ute efter. Det var för att rädda sitt eget skinn. Det var därför han varit så knapphändig med informationen.

Det var ett farligt uppdrag de nu var ute på men de skulle inrikta sig på hans akilleshäl. Hans kvinna.

***

Det var i slutet av oktober. Den sagolika färgprakt som kännetecknar hösten i Norden, började övergå i grått då nästan alla löv fallit. Kurt och Ulrika jobbade på olika tider så det var inte så ofta de hade möjlighet att umgås någon längre tid. Varannan helg var Ulrika ledig och då brukade de hitta på något att göra tillsammans. Var det dåligt väder, satt de mest inne i lägenheten och kollade på film. Just den här helgen skulle det bli soligt och de hade planerat att åka ut och fiska och ha picknick.

Kurt kände till en sjö som låg i Åkers Styckebruk där han varit en gång tidigare och fiskat regnbåge. På lördagsmorgonen packade de ihop en korg med vitlöksbröd, grillkorv, lite frukt och annat gott. Ett par skivor Skogaholmslimpa med stekt ägg och en termos med varm choklad fick också plats. Kurt plockade ihop fiskegrejor och ett par fårskinnsfällar de kunde ha att sitta på.

"Ska vi inte ha vin med oss?"

"Nej, jag ska ju köra."

"Jo, men jag kan ta lite. Har vi något hemma?"

Kurt tittade efter.

"Nej, det är slut. Vi har bara öl och sprit. Det vill du väl inte ha?"

"Nej, jag vill ha mousserande. Vi kan väl åka förbi och köpa?"

"Systemet är nog stängt på lördagar?"

"Nej, inte vid Tuna Park. Där är det öppet."

Så blev det bestämt. De tog en liten omväg till köpcentret och Kurt gick in på Systembolaget och handlade det han skulle.

När han kom ut i bilen var inte Ulrika där. Kurt såg sig omkring och undrade vart hon tagit vägen. Han satte sig i bilen.

Förmodligen hade hon gått in på Coop för att köpa något.

Han knäppte på stereon och lyssnade lite på Radio Sörmland. När det gått tio minuter messade han och undrade var hon tagit vägen. Det kom inget svar. Han började bli lite småirriterad så han ringde men fick inget svar. Han gick in på Coop och letade samtidigt som han ringde hela tiden. Hon var som bortblåst. Det låg en blomsteraffär en bit bort. Ulrika var inte särskilt intresserad av blommor så sannolikheten att hon gått dit var väl inte särskilt stor, men för säkerhets skull gick han och kollade. Där var hon inte heller. Nu var Kurt arg.

"Förbannade fruntimmer vart fan hade hon tagit vägen?"

Han gick tillbaka till bilen och hoppades att hon skulle vara där. Det var hon inte. Han satte sig vid ratten och var både arg och orolig. Nu hade det gått över en timma. Var höll människan hus?

Då ringde mobilen och samtalet kom från Ulrikas mobil.

"Hallå! Var i helvete är du? Halva förmiddan har ju gått."

Det var inte Ulrikas röst som svarade. Det var en skrovlig mansröst som på bruten engelska sa:

"Hallå Mr. Wallgren. Vi har din kvinna. Du ska betala oss sexhundrafemtio tusen svenska kronor så får du henne oskadd tillbaka. Om du kontaktar polisen kommer vi att skära henne så illa att du inte vill ha henne tillbaka. Åk nu hem och planera hur du ska få fram pengarna. Vi kontaktar dig i början av nästa vecka."

Kurts första tanke var att det inte var på riktigt. Vem var det som behagade skämta på ett så osmakligt vis? Sedan kom rädslan.

Han hörde att mannen pratat på samma vis som en av männen de drabbades av i Kroatien. Hade det något samband? Förmodligen. Han hade inte förstått allt som mannen sagt men att det var fråga om en kidnappning stod ganska klart. Några pengar skulle han inte kunna få fram. Han hade kanske femtontusen på lönekontot och tiotusen på ett sparkonto. Det skulle inte räcka långt. Han hade också förstått att de skulle skada Ulrika om han kontaktade polisen. Men vad hade han för val?

Kurt körde hem som i trans. Tankarna gick runt i huvudet och han var alldeles villrådig. Han bar in och ställde undan sakerna de skulle haft med på utflykten. Sedan satte han sig ner och begravde huvudet i händerna. Vad skulle han ta sig till? Kontaktade han polisen, skulle de skada henne, men det skulle de väl också göra om han inte kunde betala? Till slut insåg han att han måste få hjälp av polisen. Det fanns ingen annan utväg.

Kommissarie Melin kunde ganska snabbt lägga ihop två och två och hade snart hela bilden klar för sig. Kurt fick redogöra för varje detalj som skett från att de kommit till Kroatien och fram tills nu. Tack vare sina kontakter med polisen i Dubrovnik, var nu alla tre männen identifierade och man utgick från att de fortfarande var kvar i Sverige.

Det blev ett väldigt pådrag. Kurt fick stränga förhållningsorder om hur han skulle agera. Nu var det bara att vänta. Han informerade arbetsgivaren och tog ut allt han hade av kvarvarande semester och inarbetad tid.

På tisdagsförmiddagen veckan efter, ringde det från Ulrikas telefon. Det var samma mansröst som tidigare.

"Hallå igen. Har du pengarna?"

Kurt svarade som han blivit instruerad, att pengarna var fixade men att han ville ha bevis för att Ulrika var oskadd.

"Det går inte för hon är inte här. Du får helt enkelt lita på oss."

Kurt tittade nervöst på mannen från polisen som satt bredvid och bandade samtalet. Mannen skrev hastigt ner några rader på ett papper och gav till Kurt.

"Jag kan inte lämna några pengar innan jag vet att hon är vid liv och oskadd."

"Det får du snart veta. Vi hör av oss."

Mannen knäppte av samtalet. Inom kort hade man fått fram att samtalet kom från Stockholm och ganska snart hade man ringat in exakt var det kommit ifrån. Stockholmspolisen kontaktades och ryckte ut. Det var mitt på Sergels torg och väldigt mycket folk som rörde sig just där. Naturligtvis fanns inte en chans att kunna hitta den som ringt. Nu var det bara att vänta på nästa samtal.

Polisen hade nu satt in stora resurser i spaningsarbetet och trodde sig veta att trion i alla fall befann sig i Mälardalsområdet. De hade nog räknat ut att Kurt kontaktat polisen och visste mycket väl att mobilsamtal gick att spåra. Därför var det inte troligt att de höll Ulrika fången i Stockholm utan helt enkelt åkt dit bara för att ringa.

Nästa samtal kom dagen därpå.

"Hej igen Mr. Wallgren. Det var tråkigt att du kontaktade polisen. Det får din kvinna betala för. Lyssna nu noga. På torsdag klockan fyra ska du vara på centralstationen i Katrineholm och ha med dig pengarna. Du kommer att få vidare instruktioner när du är där. Om du jävlas med oss kommer vi att skära av alla delar som sticker ut från din kvinnas ansikte. Då blir det ett missfoster du får tillbaka. Det vill du väl inte?"

Mannen knäppte av. Kurt hade inte förstått allt som han sagt och när han fått det översatt blev han spyfärdig.

Den här gången hade samtalet kommit från Flen. Där fanns inga poliser på plats så att bege sig dit skulle nog inte ge så mycket.

Kurt fick följa med in till polisstationen där man sammankallat en stab av erfarna utredare som lade upp taktiken för hur man skulle agera i Katrineholm.

Klockan kvart över tre på torsdagen, klev Kurt av tåget på centralstationen i Katrineholm. Det var en fin dag med hög och frisk luft. Solen tittade stundtals fram mellan molntapparna. Det var inte så mycket folk i rörelse. Kurt såg sig omkring och försökte lokalisera de civilklädda poliser som skulle vara strategiskt utplacerade. En man satt och läste på en bänk. Några kommunalarbetare var i färd med att rensa den stora blomrabatten som stod mitt på stationstorget. Det kunde nog vara poliser, men han var inte säker.

Han hade försetts med en öronsnäcka och en liten mottagare som satt fast under kragen. Sladden doldes av en halsduk. Genom den skulle han få instruktioner om hur han skulle agera.

Kurt traskade fram och tillbaka. Tiden gick oändligt långsamt och han var mycket nervös. Den svarta attachéväskan han bar på, kändes tung och han bytte hand hela tiden för att belastningen skulle bli jämn. Det var riktiga pengar i väskan. Inte hela beloppet, men tillräckligt för att de inte skulle bli misstänksamma om de gjorde en hastig koll. Det var också en GPS-mottagare insydd i fodret sa att den skulle gå att följa.

Klockan närmade sig fyra och det började bli mer rörelse på stationsområdet. Några tåg kom in och spädde på ansamlingen av människor. Klockan fem över fyra ringde mobilen. Kurt svarade.

"Lyssna nu noga. Har du pengarna?"

"Ja, jag har dom. Men jag lämnar dom inte ifrån mig innan jag ser Ulrika."

Han hade fått instruktioner om att försöka dra ut på samtalet så länge som möjligt och att insistera på att Ulrika skulle ge sig till känna.

"Kvinnan är oskadd. Om du tittar upp mot norr några hundra meter så ser du henne när hon vinkar åt dig."

Kurt spanade intensivt. Långt där borta kunde han se en kvinna stå och vinka. Det gick inte att avgöra om det var hon, men det såg onekligen ut så. Kurt fick nya instruktioner i öronsnäckan.

"Hur vet jag att det är hon?"

"Avsluta samtalet så ringer hon dig."

Kurt gjorde som han blivit tillsagd och väntade.

Kommunalarbetarna som hållit till i blomrabatten lämnade hastigt sina redskap och gick med raska steg i riktning mot kvinnan. Det var alltså rätt som han gissat, att de var poliser. Mannen som suttit på en bänk och läst var sedan länge försvunnen, så där hade han nog varit fel ute.

Nu ringde telefonen igen.

"Ulrika är det du?"

"Ja, det är det. Ser du att jag vinkar åt dig?"

Kurt kände igen rösten. Det var ingen tvekan om att det var Ulrika. Hon lät skärrad men det var väl ganska naturligt i en situation som denna.

"Är du oskadd?"

"Ja, men nu måste jag lägga på."

Samtalet bröts. Strax ringde det igen.

"Lyssna! Gå mot parkeringen du ser rakt fram. Gå nu och lyssna i telefonen."

Kurt började gå. När han skulle gå över gatan som gick mellan torget och parkeringen blev han uppmanad att stanna.

"Ställ ner väskan där du står nu. Vänd sen om och gå tillbaka där du kom från."

Kurt ställde ner väskan vid vägkanten och vände om.

Han kunde höra att en bil tvärnitade. När han vände sig om såg han att bakdörren öppnades och en man rafsade hastigt åt sig väskan och bilen for iväg med en rivstart.

Genast startade flera andra bilar som stått parkerade och tog upp jakten.

Kurt rusade mot platsen där Ulrika stått och vinkat. På håll såg han att poliserna utklädda till kommunalarbetare hade hunnit fram.

När han kom närmare, smög sig en olustkänsla över honom och strax kunde han konstatera att hans farhågor var befogade. Det var inte Ulrika.

Kvinnan visade sig tillhöra det klientel som spenderade sina dagar med att dricka alkohol och högljutt diskutera världsproblem på olika parkbänkar runt om i staden. Hon uppgav i förhör att hon blivit kontaktad av några utlänningar och skulle få femhundra kronor bara för att stå och vinka en stund. Det skulle visst röra sig om ett slags skämt. Av hennes beskrivning att döma, var det ingen tvekan om att det var de eftersökta personerna från Serbien som figurerat. När de frågade henne om telefonsamtalet verkade hon helt ovetande och försäkrade att det inte var hon som ringt. Hon hade inte någon mobil i sin ägo. Polisen kunde inte heller hitta någon när de visiterade henne. Vid en senare analys visade det sig att telefonsamtalet hade kommit från en helt annan plats.

Polisen hade genast tagit upp jakten på den flyende bilen. De låg lite efter men hade aktiverat GPS-sökningen och det var bara en tidsfråga innan de skulle vara i fatt.
Jakten gick på väg 56 mot Bie och sedan vidare på väg 214 mot Näshulta. Vid Hökärr kom de i fatt en långtradare lastad med flis. Det var uppenbart att GPS-signalen kom från den och poliserna körde om och stoppade den. Chauffören verkade helt ovetande och var mycket förvånad över polisens frågor. Väskan med sändaren hittades i släpet med flis, där den tömts på sitt innehåll och kastats upp.

Det var ett stort misslyckande. Nu hade man ingen aning om var den rätta bilen befann sig och var tillbaka på ruta ett.

Väskan hade innehållit cirka tjugo tusen i äkta sedlar som placerats överst i sedelbuntarna och resten i falska och ganska enkelt gjorda femhundralappar. Förövarna skulle lätt upptäcka hur det låg till och nu var frågan hur de skulle reagera.

***

Ulrika såg när Kurt gick in i entrén till Systembolaget. I samma ögonblick slets bildörren upp och en man tog tag i henne och drog henne ur bilen. Hon hann knappt reagera innan hon satt i baksätet i en främmande bil. Mannen som dragit ut henne höll handen för hennes mun så hon inte kunde skrika. Till sin fasa kunde hon snart se att det var samma män som hade överfallit dem i Kroatien. Det gick lite folk utanför men ingen verkade reagera på att något inte var som det skulle.

Bilen körde iväg, ut från parkeringen och in på väg 230. Trots sin rädsla, funderade Ulrika på hur hon skulle kunna ta sig ur situationen. Mannen som höll henne var kraftigt byggd så att försöka slita sig loss och kasta sig ut, var uteslutet.

Färden gick vidare och strax innan Öja kyrka körde de in på en byväg och fortsatte sedan till de kommit långt in i skogen där det inte fanns någon bebyggelse. Där stannade de bilen på en mötesplats. Mannen som höll i Ulrika, släppte sitt grepp.

"Vad har vi här för ett litet luder då? Vi har visst träffats förut. Är du inte glad att se oss igen?"

Ulrika kände hur skräcken tog ett fast grepp om henne och hon fick inte fram ett ord förutom några snyftningar. Männen i bilen växlade några ord på serbiska och skrattade. Mannen bredvid tog tag i hennes haka och såg henne stint i ögonen.

"Om du bara gör som vi säger och håller dig lugn, kommer inget att hända dig. Men om du försöker jävlas med oss, blir det riktigt tråkigt för dig. Mina kompisar föreslog just att vi skulle knulla dig, men så roligt ska du inte få. Inte än i alla fall, hur mycket du än vill."

Han sade något på serbiska åt sina kamrater, som skrattade gott.

"Vad vill ni mig? Jag har väl inte gjort er något och några pengar har jag inte."

"Nej, men du har en karl som är skyldig oss en väldig massa pengar. Vi får se hur mycket du är värd för honom."

"Han har inga pengar han heller. Han är bara en vanlig arbetare och det där som hände i Kroatien var inte hans fel. Det var ju ni som gav er på oss."

Ulrika var så rädd och upprörd att hon nästan inte kunde prata.

"Sluta snacka skit. Nu ska vi åka. Försöker du med något så klipper jag till dig. Det blir bara värre för dig om du inte lyder."

De fortsatte några kilometer och svängde sedan in på en liten skogsväg som ledde till en ödegård. Där stannade de och ledde in Ulrika i huset.

Ytterdörren var uppbruten så de hade förmodligen varit där tidigare. Det var dammigt och luktade mögel. På en bänk stod några konservburkar, ölburkar och en öppnad chipspåse.

Det fanns inga möbler men de hade letat upp några plankstumpar som de lagt över ett par tomma trälådor och som tjänade som bord. Några gamla drickabackar fick bli stolar. De slog sig ner och skickade runt chipspåsen.

Ulrika tittade sig omkring och funderade på hur hon skulle kunna fly. Ett tag tänkte hon bara rusa mot dörren och springa in i skogen, men hon vågade inte göra slag i saken.

Männen rapade öl, tuggade och smaskade tills chipspåsen var tom. Mannen med röda ögon gick fram till Ulrika och plockade upp mobilen hon hade i byxfickan. Han gav den till sin kompis som tittade igenom nummerlistan. Han tryckte på numret till Kurt och hyssjade till de andra vara tysta. En upprörd röst svarade och undrade var i helvete hon tagit vägen. När han framfört sitt budskap blev det helt tyst i andra änden. Sedan knäppte han av. "Nu fick han lite att tänka på" sa mannen och flinade mot Ulrika.

Det hade börjat mörkna och männen hämtade in några filtar från bilen.

Det var rått och kallt och Ulrika kände att hon behövde gå på toaletten. Det fanns ingen toalett i huset så hon blev uppmanad att uträtta sina behov utomhus men under uppsikt av någon av männen. Hon gick ut tätt åtföljd av den rödögde. Hon satte sig på huk och försökte koncentrera sig. Den rödögde blängde på henne samtidigt som han tände en cigarett. Lagom som han rökt klart, hade hon äntligen fått ur sig det hon skulle och de gick in i huset igen.

Det blev en lång natt. Männen sov och snarkade högljutt. Ulrika försökte få en blund i ögonen men det var helt omöjligt. Strax innan det börjat ljusna och när männen verkade sova som allra djupast, sneglade hon mot dörren. Hon reste sig sakta upp och smög det tystaste hon kunde. Det knarrade lite i golvplankorna och hon stannade till med hjärtat i halsgropen. Den uppbrutna dörren stod lite på glänt så hon behövde bara putta till den för att komma ut. Ytterst försiktigt klev hon ut på den igenvuxta stenläggningen. Sedan gick hon fortare och fortare mot skogsbrynet. När hon kommit en bit från huset började hon springa allt hon orkade. Det var svårt att se var hon satte fötterna i mörkret. Då hon nästan var framme vid den täta granskogen, snavade hon på en rot och ramlade framstupa.

Hon landade med ett brak i en hög med torra kvistar. Strax intill flög en fasantupp upp med ett läte som fick henne att bli stel av skräck. Hon reste sig upp och fortsatte springa men kände att något inte var som det skulle. När hon tittade ner på sin fot såg hon att den pekade åt ett håll dit den alls inte skulle peka. I samma stund kände hon smärtan och förstod att den var bruten. Hon stannade och satte sig ner. Det började snurra och hon kände hur hon blev svag. Sedan blev allt svart.

Hon vaknade av att hon frös så att hon skakade. Det hade ljusnat lite och en svag dimma låg som ett tunt täcke nära marken. Det var helt tyst. Hon såg på sin fot och genast blev hon illamående. Det värkte något hemskt och hon var nära att skrika. Febrilt försökte hon koncentrera sig på att hitta en utväg. Det var inte lönt att försöka ta sig vidare. Det skulle vara omöjligt med den brutna foten. Om hon bara låg tyst och väntade, kanske männen skulle ge sig iväg. Men sedan då? Utan mobilen skulle hon inte kunna tillkalla hjälp. De hade åkt flera kilometer utan att se någon bebyggelse. Så långt skulle hon aldrig kunna krypa eller hoppa fram på ett ben. Risken fanns att hon skulle frysa ihjäl om hon blev kvar där för länge. Allt kändes hopplöst.

Värken i foten tilltog allt mer och snart stod hon inte ut längre. Hon började ropa på hjälp.

Det hördes ljud från huset och snart kom alla tre männen rusande mot den plats där Ulrika låg och ropade. Mannen med den skadade handen var framme först.

"Här är hon!" Ropade han till de andra.

Snart stod de runt henne, andfådda och nyvakna. De såg inte särskilt roade ut. En av männen tog tag och ruskade henne.

"Vad tar du dig till ditt idiotiska fruntimmer? Jag sa ju till dig att du skulle hålla dig lugn annars skulle det gå illa för dig. Är du helt dum i huvudet eller?"

Ulrika skrek av smärta när mannen drog upp henne. Hon pekade på sin sneda fot.

"Ja, där ser du hur det kan gå. Nu har du allt ställt till det. Det där får vi fixa till själva. Du kan ju inbilla dig att vi tänker ta dig till något sjukhus."

Mannen tog ett kraftigt tag och slängde upp henne över axeln. När de kommit in i huset, lade han ner henne ganska burdust på golvet och började syna hennes fot.

"Hmm... Det här ser inte bra ut. Vi måste bryta tillbaka foten så den kommer rätt. Ge mig en kniv. Jag måste skära bort skon."

Ulrika förstod inte vad han sa men anade det värsta.

Mannen satte försiktigt kniven under snörningen och sprättade upp skosnörena. Foten var så svullen att det small till när skon gick isär. Han kände på foten och vred lite. Det stack som knivar och

Ulrika skrek rakt ut. Mannen uppmanade sina kumpaner att hålla fast henne. Själv satte han sig grensle över hennes ben och tog ett stadigt tag runt foten. Det lät som när man bryter av en torr kvist när han vred tillbaka foten. Från Ulrika kom inte ett ljud. Hon hade tuppat av.

Dagarna som följde uppfattade Ulrika mest som i ett töcken. Männen hade stoppat i henne piller som gjorde henne förvirrad och dåsig. Hon blev skjutsad till olika platser och hade ingen uppfattning om var hon befann sig. En gång fick hon prata med Kurt i mobilen, men mindes bara fragment av vad de sagt.

**

Efter överlämningen av lösensumman i Katrineholm hade männen tömt över alla pengar i en bag och slängt attachéväskan upp på ett lastbilsflak. De var ganska säkra på att polisen skulle spåra väskan och chansade på att långtradaren skulle ta en annan väg än den planerade.

Resan tillbaka till ödegården gick ganska lugnt. De ville inte väcka för mycket uppmärksamhet och gasade bara på när det inte fanns några andra bilar i närheten. När de kom fram, tömde de ut bagen med pengarna på golvet. Genast såg de att det bara var en bråkdel som var äkta. De gapade och skrek på varandra och var mycket upprörda. Ulrika satt i ett hörn och tittade på. De var som ungar som bråkade om leksaker. Nu var hon varken rädd eller hade ont, bara omtöcknad. Det kändes som om hon medverkade i en film och att allt som hände inte var på riktigt.

Efter en stund hade männen lugnat ner sig. De diskuterade vad de skulle göra. Den rödögde ville att de skulle avbryta och åka hem. Mannen med handen ville ha hämnd och att de skulle göra sig av med både karln och fruntimret, oavsett om de fick några pengar eller inte. Den kraftige mannen som verkade vara den som hade mest auktoritet, funderade.

"Så här får det bli. Vi gör ett sista försök och försöker få ut så mycket pengar vi kan. Sen gör vi oss av med båda och åker hem. Den här gången plockar vi upp honom och tar med honom hit. Det måste gå snabbt och vi måste vara säkra på att han inte står under bevakning eller är avlyssnad."

Kapitel 11

Polisen stod handfallen. Det fanns inga som helst spår. Analyserna av mobiltrafiken visade bara att männen rört sig hela tiden och att de nu förmodligen låg och tryckte någonstans.

Kurts mobil var helt tyst. Han kände sig maktlös. Han ringde kommissarie Melin flera gånger men fick bara till svar att de gjorde vad de kunde och att det bara var att vänta på kidnapparnas nästa drag.

Kurt kunde varken äta eller sova. Oron över vad som skulle hända med Ulrika låg över honom som ett tungt täcke. Han hade aldrig sagt till henne hur mycket han höll av henne. Visserligen hade hon aldrig sagt det till honom heller, men det var underförstått. Det låg inte för dem att gulla och tramsa om sådant. Nu kände han bara en stor tomhet och var livrädd för vad männen skulle kunna ta sig till.

Sent en kväll ringde det. Kurt hoppade högt och tappade mobilen när han skulle svara. Den stängdes av. Efter en del fumlande fick han igång den och väntade nervöst. Det gick tio minuter sedan ringde det igen.

"Ja, det är Kurt."

"Lyssna! Vi börjar bli jävligt trötta på ditt sätt att sköta det här. Vi sa ju till dig att inte blanda in polisen och ändå gjorde du det. Är du inte rädd om din kvinna? Vad är du för en karl egentligen?"

Det blev en stunds tystnad.

"Nu ska du höra på jävligt noga. Nu är det allvar. Om du inte gör exakt som jag säger, kommer vi att döda kvinnan på ett sätt som du inte vill veta. Men innan vi gör det ska vi knulla henne sönder och samman i alla hål."

Kurt förstod bara en del av det mannen sa men budskapet hade gått fram.

"Vad vill ni jag ska göra?"

"I morgon ska du tömma dina konton och plocka ner allt av värde när det gäller smycken och värdesaker. Exakt klockan ett ska du stå vid busshållplatsen som ligger strax efter Öja kyrka, vid väg 230."

Kurt fick fråga om flera gånger innan han förstått allt.

"Om det finns minsta lilla misstanke om att du kontaktat polisen, kommer vi att göra allvar av vårt hot. Då kommer du att få begrava din kvinna i delar. Har du förstått?"

"Ja, jag förstår. Jag ska göra som ni säger."

Mannen i andra änden knäppte av samtalet. Kurt satte sig i soffan och stirrade rakt ut med tom blick. Skulle han ringa kommissarie Melin? Nej, det var för riskabelt. Den här gången var han tvungen att sköta det på egen hand.

Kurt försökte sova men det var helt omöjligt. Han vankade av och an i lägenheten. Till sist tvingade han i sig ett halvt glas whisky som han spetsade med några värktabletter. Efter en halvtimme slumrade han in.

Han mådde inget vidare på morgonen när han vaknade. Efter en kopp kaffe och en snabb dusch var han lite piggare. Han skyndade sig ut till bilen och körde in mot centrum där han parkerade på gatan utanför Rekarnebanken.

Tjugosjutusen kronor vad allt som han hade på olika konton. Ulrikas konton kom han inte åt men där fanns inte mer än några tusen, vad han visste. Väl hemma igen rotade han runt i skåpen och hittade några av Ulrikas smycken. Om de var värda något hade han ingen aning om, men de såg i alla fall värdefulla ut. Guldklockan han fått efter tjugofem år i kommunen åkte också med, tillsammans med en digitalkamera och några manschettknappar i fjorton karats guld som han vunnit på ett lotteri.

Alltsammans rafsade han ner i en plastkasse.

Han kollade på Eniro var Öja kyrka låg och mindes att han varit där på begravning när han var tonåring.

Efter en halvtimme var han framme.

Han parkerade bilen på infarten till ett gärde ett litet stycke från busshållplatsen, tog sin plastkasse och gick och ställde sig som det var sagt. Klockan var kvart i ett när bussen kom.

Dörren öppnades och chauffören tittade ut på honom.

"Men kom in då! Jag har inte hela dan på mig."

"Jag ska inte med."

"Va fan står du här för då?"

"Jag väntar på någon."

"Då ska du väl vinka förbi mig så jag slipper stanna i onödan."

"Men jag visste väl inte om du skulle släppa av nån?"

"Idiot!" Busschauffören stängde dörren och åkte iväg med ett ryck.

Nu var klockan ett. Det åkte förbi några bilar utan att stanna. Kurt började bli riktigt nervös.

När en mörk Mercedes av äldre modell åkt förbi några gånger, stannade den till slut. Bakdörren öppnades och Kurt uppmanades att stiga in. Han kände genast igen männen. Bredvid honom i baksätet satt mannen som slagit Ulrika och sedan ramlat ur bilen vid den hemska händelsen i Kroatien. Vid ratten satt mannen som fått sina fingrar bortskjutna. Mannen i passagerarsätet såg han inte ansiktet på, men han förstod att det var den som han tryckt in fingrarna i ögonen på. När mannen vände sig om, blev det bekräftat. Ögonvitorna var inte vita utan kraftigt röda.

Kurt kände en otäck krypande känsla kom över honom. Han hade varit nervös innan och nu när han var mitt i det, blev det nästan overkligt.

Bilen körde fram till en korsning, vände där och åkte tillbaka samma väg. Strax innan kyrkan, svängde de in på en grusväg. Kurt hann inte uppfatta vad som stod på skylten.

Mannen bredvid tog upp ett kraftigt buntband och uppmanade Kurt att sträcka fram sina händer. Han lade bandet runt handlederna och drog åt med ett kraftigt ryck. Det gjorde ont. De vassa kanterna skar in i skinnet och det kändes nästan som om blodflödet skulle stoppas.

"Aj! Måste du dra åt så hårt?"

Kurt grinade illa. Mannen flinade bara.

De passerade några lantgårdar och sommarstugor. Inte en människa syntes till. Bara några höns som gick vid vägkanten och pickade i marken och en svartvit katt som satt och tittade på en flock gråsparvar som väsnades i en vinbärsbuske.

Efter några kilometer svängde de in på en skogsväg. Den var full med gropar och rötter och flera gånger skrapade underredet på bilen i marken. Efter ytterligare en halv kilometer genom tät skog, kom de fram till en liten glänta där det låg ett till synes övergivet och förfallet hus. Bilen stannade på den igenväxta grusplanen framför den fallfärdiga farstukvisten.

Männen klev ur och släpade med sig Kurt.

De föste honom mot dörren.

Där inne var det mörkt och luktade unket. Ute var det ljust och soligt så det tog en stund innan ögonen hunnit vänja sig. Kurt såg sig om och fick se Ulrika.

Hon satt på golvet i ett hörn. Smutsig och med håret spretande mycket värre än det normalt brukade göra. Det syntes tydligt att hon var drogad. Blicken var glansig och hon verkade inte uppfatta att det var han som stod där.

"Ulrika, hur är det med dig? Har dom gjort dig illa?"

Hon mumlade något ohörbart till svar. Kurt kände hur ilskan bubblade upp inom honom. Vad hade de gjort med henne?

Männen slog sig ner vid det provisoriska möblemanget och tömde innehållet i påsen som Kurt haft med sig. De räknade pengarna och synade noggrant de saker som fanns. Den kraftige mannen vände sig mot Kurt.

"Så det här är vad du tycker att hon är värd? Det var inte mycket. Men det är klart, när man tittar på henne är det väl så. Det där trasludret vill man ju inte ta i med tång ens."

Han sa något på serbiska till sina kamrater och de skrattade hjärtligt."

"Vi tänkte att vi skulle knulla över henne alla tre innan vi drar härifrån, men nu har hon visst pissat ner sig så vi är inte så sugna längre. Det var ju tråkigt för henne."

Kurt fick se hennes skadade fot. Den var missfärgad och mycket svullen. Svarta strimlor hade börjat leta sig upp på underbenet. Han förstod att det var blodförgiftning och att det var bråttom att hon kom till sjukhus.

"Nu har ni fått det ni bett om. Kan vi gå nu?"

Männen tittade på varandra och skrattade.

"Vad tror du egentligen? Skulle nöja oss med det här efter allt det du gjort oss? Nej du, så lätt slipper du inte undan. Vi fick ett uppdrag och det var att släcka dig. Vi fullföljer alltid våra åtaganden och det tänker vi göra den här gången också. Som en liten bonus så får du sällskap av din kvinna. Det blir väl trevligt?"

Mannen satte ner handen i sin rockficka, tog upp en revolver och siktade mot Ulrika.

"Vi börjar med henne. Titta noga nu så får du se något roligt."

Kurt blev stel av skräck. Han kastade sig fram och ställde sig mellan Ulrika och skytten.

Smällen kändes som en explosion i huvudet på Kurt. För ett kort ögonblick var det nästan som om han förlorade medvetandet. När han kom till sans igen, hade en välbekant känsla tagit över. Nu var han där igen. Ännu kunde han inte se kulan så han hade tid på sig att tänka. Han såg ner på sina hopbundna händer och undrade hur han skulle kunna ta sig loss.

Han tittade tillbaka på revolvern och såg nu kulan som sakta tittade fram ur rökpuffen. Då fick han en idé. Han höll fram sina händer och väntade på att kulan skulle komma fram. Mannen som skjutit såg ut som en staty och inte en blinkning syntes i hans ögon. Kulan närmade sig och Kurt spände ut handlederna så mycket han orkade. Det bildades en liten glipa där buntbandet låg fritt från huden. Han koncentrerade sig och styrde händerna så att kulan precis träffade bandet. Det sprätte isär och han var fri. Kurt klev lite åt sidan samtidigt som han fångade upp bandet som flög fritt i luften. Med en liten rörelse snärtade han till kulan med bandet så den ändrad riktning.

Nu syntes en blinkning i mannens ögon. Hans två kamrater satt på lådorna och fattade inte alls vad som skedde. Mannen tryckte av ett nytt skott men nu var Kurt framme vid honom och hann ta tag i pipan innan kulan hunnit komma ut. När kulan lämnat pipan och var på väg mot taket, slet han revolvern ur handen på honom och tog ett steg tillbaka.

Minnesbilder från de andra händelserna han varit med om, kom nu upp. Det fick inte bli fler dödsoffer. Nu måste han agera på ett sådant sätt att han och Ulrika klarade sig utan att fler liv gick till spillo. Nog för att de förtjänade att dö. Sådant här avskum skulle världen klara sig bättre utan, men Kurt ville inte vara den som fattade och verkställde ett sådant beslut. Det hade han fått nog av. Han drämde revolverkolven i huvudet på mannen, som vacklade till. Slaget var för löst så Kurt fick slå ännu en gång. Nu tog det lite bättre men ännu var han inte nere för räkning. Kurt siktade noga, tog i ordentligt och den här gången träffade kolven på hakspetsen. Det gjorde susen. Med ett brak föll mannen i golvet.

Nu hade de andra rest sig från sina lådor. Både skräck och förvåning lyste i deras ansikten och de famlade efter tillhyggen att försvara sig med. Den rödögde fick upp en kniv som han gick till attack med. Kurt funderade länge hur han skulle göra. Det fanns kulor kvar i revolvern, men han var ingen van skytt så det skulle kunna gå hur som helst även om han hade god tid på sig att sikta. I stället bestämde han sig för att använda fötterna. Som gammal pojklagsspelare hade han ännu minnet kvar om hur man lägger en straffspark och det var precis vad han gjorde, i skrevet på mannen. Det smaskade till och mannen tvärstannade. Sakta öppnades hans mun och ett avgrundsvrål av smärta ekade genom rummet. Kurt sparkade ännu en gång och när mannen var på väg i golvet, satte han ett knä i pannan på honom. Han var redan medvetslös när han landade på golvet.

Nu var den siste antagonisten på väg mot Kurt. Han viftade framför sig med sin sönderskjutna hand och i den andra hade han en tom ölflaska som han krossat mot kanten på lådan han suttit på. Kurt fick obehagskänslor när han såg den trasiga flaskan.

Inte för att han var rädd att skadas utan för det som hade hänt i hans lägenhet. Det fick inte hända igen.

Mannen gjorde ett utfall och körde flaskan mot ansiktet på Kurt, som enkelt klev åt sidan. Mannen föll framstupa och var på väg att få den vassa flaskan under sig. Kurt sparkade den ur hans hand innan han hunnit ta mark.

Nu fick Kurt en bisarr tanke i sitt huvud. När han tittade på mannens trasiga hand där han bara hade tummen och pekfingret kvar, tänkte han att det såg väldigt oproportionerligt ut. Utan vidare eftertanke tog han revolvern och siktade på hans andra hand och tryckte av. Kulan slet bort en stor del av fingertopparna.

Det var nästan som han hade gjort det i trans. En handling som bara kom av sig självt och som han inte hade haft någon kontroll över. Det skrämde Kurt. Vad skulle han inte kunna vara kapabel till om han inte lyckades tygla sina handlingar?

När Kurt stod insjunken i sina tankar, märkte han inte att mannen kommit på fötter och var på väg mot dörren. Kurt höjde revolvern och siktade mot honom, men i sista stund hejdade han sig och avstod från att trycka av. Faran var nog över och polisen skulle säkert få fatt i honom ganska enkelt.

Kurt satte sig ner och lade ifrån sig revolvern. Han kastade en snabb blick på männen som låg utslagna på golvet och tog ett djupt andetag.

Sakta återvände hans medvetande till det normala och han började känna hur rädslan kom tillbaka.

Ulrika satt kvar på samma plats och tittade med tom blick på Kurt. Han kom ihåg hur illa ställt det var med henne och att hon måste komma till sjukhus så fort som möjligt.

Han kände igenom männens fickor och hittade Ulrikas mobil.

Strax var ambulans och polis på väg. Han hade lite svårt att exakt beskriva var de befann sig, men Öja kyrka var ett bra riktmärke. SOS-personalen uppmanade honom att ha samtalet öppet och säga till när han började höra sirenerna. Kurt satte sig ner bredvid Ulrika och väntade. Han strök henne över kinden och talade lugnt till henne.

"Det kommer att gå bra. Ambulansen är på väg och är snart här. Du behöver inte vara orolig. Snart får du hjälp."

Det dröjde bara tjugo minuter innan sirener hördes svagt. Kurt höll kontakt i telefonen och berättade att ljudet kom allt närmare. Det blev en liten miss och ljudet blev svagare, men snart var de inne på rätt väg och efter ytterligare en kort stund var de på plats.

Ulrika kördes i ilfart till lasarettet medan Kurt blev kvar och berättade för polisen vad som hänt. Det tillkallades fler ambulanser och en hundpatrull som genast tog upp jakten på den flyende mannen.

Kurt fick åka med polisen tillbaka till Eskilstuna. När de åkte förbi gårdarna hade människor samlats längs vägkanten och undrat vad som hade hänt. När de skulle passera den sista gården körde de på en höna och var tvungna att stanna för att se hur det var med henne. Bonden som ägde hönan kom rusande och var mycket upprörd men lugnade ner sig när han fått höra vad deras ärende hade varit. Hönan flaxade iväg till synes oskadd.

Polishundarna hade genast fått upp spår efter den flyende mannen. Till och med utan hundar hade det gått att spåra honom för det var blodstänk överallt där han sprungit. Efter någon kilometer ledde spåret upp på en väg för att sedan fortsätta några hundratal meter. Sedan var det plötsligt borta. Man sökte av hela området runt omkring utan att hitta honom. Enda förklaringen var att det måste ha passerat något fordon som mannen stoppat.

Man såg till att kontakta fler patruller från Köping och Katrineholm. Vägspärrar sattes upp på strategiska ställen. Nu var det bara att vänta.

Efter en timme kom ett larm om en skadad person som hittats vid vägkanten i Kungsör, strax innan påfarten till E20. Polis och ambulans var snabbt på plats. De fann en medelålders man som var svårt skadad och blödde ymnigt från ansiktet. Han var i alla fall så mycket vid medvetande att han kunde berätta vad som hänt.

Han hade kommit åkande på grusvägen vid Hägran och var på väg till en bekant i Västermo, när en man dykt upp på vägen och viftat med armarna. Mannen verkade ha råkat ut för en olycka och behövde hjälp. När han stannat och frågat vad som hänt, hade han blivit utdragen ur bilen och misshandlad. Sedan hade han knuffats in i baksätet där han förlorat medvetandet. När han vaknade upp, låg han i ett dike.

Det fanns ingen tvekan om att det var den eftersökte mannen som det var frågan om. Nu var han troligen på E20 på väg mot Stockholm eller Örebro.

De båda tillfångatagna männen hade kvicknat till efter att ha blivit undersökta på lasarettet. Nu satt de inlåsta och väntade på beslut från åklagaren. De var inte särskilt talföra och nekade till att ha något med kidnappningen av Ulrika att göra.

Kurt väntade nervöst utanför operationssalen. Det var i sista stund som Ulrika kommit under behandling. Några timmar till och man hade blivit tvingad att amputera. I värsta fall hade hon kunnat mista livet. Nu hade de kommit i tid och läkaren var optimistisk om utgången.

En vänlig sköterska kom med en kopp kaffe åt honom och sa att det nog skulle dröja någon timme till, men sedan skulle han få besöka henne.

Kurt satte sin ner, drack sitt kaffe och försökte koppla av. Han funderade över varför han agerat som han gjort. Med de två första hade det gått precis som han velat. Men varför hade han fått för sig att skjuta den tredje i handen? Det var ju fullständigt onödigt. Hade han gjort på ett annat sätt skulle alla tre nu sitta inlåsta. I stället var en av dem nu på fri fot och förmodligen jävligt förbannad och hämndlysten. Kurt hoppades innerligt att polisen skulle hitta honom så fort som möjligt. Annars skulle det här aldrig ta slut. Han skulle hela tiden vara tvungen att vara på sin vakt. När som helst kunde det hända något. Både med honom och Ulrika.

Den vänliga sköterskan som gett honom kaffe kom fram till honom.

"Nu kan du gå in till henne. Hon har vaknat upp. Du ska inte bli förvånad om hon verkar överdrivet pigg och glad. Hon har fått smärtstillande och det kan göra att man blir lite uppspelt."

Kurt skyndade sig in.

"Hej Ulrika. Hur är det med dig? Dom sa att du mår bra."

Ulrika såg på honom med en road blick. Hon betedde sig lite underligt tyckte Kurt.

"Hej Kurt! Vad roligt att du kunde komma. Hur är det"?

"Jodå, med mig är det bra. Har du ont i foten?"

Ulrika drog upp täcket och visade sin fot som var väl bandagerad.

"Foten mår bra och jag med. Kryp ner här en stund, så kan vi kramas lite."

Hon fnittrade som om hon var berusad.

Kurt tittade nervöst på sköterskan som följt med in. Hon log lite urskuldande.

"Det är medicinen. Inget du ska ta på allvar. Man kan bli så där. Du skulle bara veta vilka effekter den kan ha ibland."

Ulrika fnissade så hon nästan kiknade. Hon verkade må alldeles utmärkt och inte alls vara i behov av varken stöd eller tröst.

Sjuksköterskan förklarade för Kurt hur operationen gått till och att Ulrika skulle få ligga kvar för observation i åtminstone en vecka.

Ulrikas pigghet övergick till trötthet och snart sov hon som ett barn. Kurt tyckte inte att det var någon idé att vara kvar längre, så han begav sig ner till polisstationen där kommissarie Melin väntade på att få en redogörelse.

Kapitel 12

Den tredje mannen hade lyckats ta sig förbi polisen precis innan de hunnit gruppera sig. Med stirrig blick körde han målmedvetet söderut. Handen var omlindad med en trasa som han rivit av en filt han hittat i bilen. Det gjorde fruktansvärt ont, men han visade det inte med en min. I Jönköping stannade han och tankade, sedan körd han vidare mot Malmö.

Resan gick nonstop och framme i Malmö ställde han bilen vid en stor parkering där det var fullt av långtradare på väg mot Danmark. Han gick runt bland fordonen och tittade på registreringsskyltarna. Till slut hittade han en serbisk skylt och gick fram och snackade med chauffören. Efter ett kort samtal hoppade han in på passagerarsidan. Lastbilen startade och började rulla mot Öresundsbron.

***

Ulrika fick komma hem efter en vecka. Hon hade fortfarande ganska ont och foten var gipsad så hon fick hoppa fram med kryckor. Kurt pysslade om henne så gott han kunde. Lagade mat och såg till så att hon hade allt hon behövde. Hon var inte helt bekväm med att bli omhändertagen. Hon var ju så van att själv vara den som tog hand om andra, genom sitt yrke.

"Ta det lugnt bara. Du tog ju hand om mig när jag var gipsad, så nu är det min tur."

"Ja, men det gjorde jag inte hela tiden."

"Nej, men då var vi inte ihop. Du gjorde väl mycket mer än du behövde. Vi var ju bara grannar. Nu är det min tur att ge tillbaka."

Ulrika suckade.

"Jo, det är väl sant, men det känns inget bra ska du veta."

Kurt hällde upp kaffe och tog fram ett par wienerbröd han köpt på konditoriet. Han satte sig ner bredvid Ulrika, lade i en sockerbit i sin egen kopp och rörde länge. Så började han småskratta.

"Vad flinar du åt? Vad är det som är så roligt?"

"Jo, jag kom att tänka på när jag kom in till dig på lasarettet."

"Ja, och vad är det för roligt med det?"

"Det där du sa. Hade vi varit ensamma så hade det inte varit något, men nu var det ju fler i rummet som hörde."

"Vadå sa? Det minns jag inte. Vad sa jag som du verkar tycka är så kul?"

Kurt fnissade så han hoppade.

"Det där att du ville att jag skulle krypa ner hos dig."

Kurt skrattade så han var tvungen att ställa ner kaffekoppen.

"Va! Är du inte klok. Det sa jag väl inte?"

"Jo, det gjorde du. Jag visste inte var jag skulle ta vägen och alla där inne hörde. Du var helt groggy av medicinerna."

Ulrika blev röd i ansiktet.

"Nej! Det menar du inte. Är det sant? Fy fan, jag tror jag dör. Vad sa dom andra?"

"Dom sa inte så mycket. Flinade lite bara. Dom hade varit med förr så det var inget konstigt för dom."

"Vad gjorde du då?"

"Ja, vad skulle jag göra? Låtsas som att jag inte hörde. Fast nu tycker jag att det var jävligt komiskt."

Ulrika kunde inte låta bli att börja skratta hon också, trots att hon tyckte att det hela var oerhört pinsamt.

***

Händelsen hade skapat rubriker och uppmärksammats på riksnivå. Tidningar och tv hörde av sig och ville ha intervjuer. Kurt nekade att ställa upp för massmedia och det skapade spekulationer och en massa osanningar om vad som egentligen hänt. Ulrika försökte övertala honom. Hon kunde känna en viss tillfredsställelse över uppmärksamheten och hade gärna låtit sig bli intervjuad. Men Kurt var benhård. Om han ställde upp kanske han skulle kunna dementera allt det som stod på nätet om honom som inte var sant. Å andra sidan skulle det kunna bli ännu värre.

Bäst att bara vara tyst och låta tiden ha sin gång, så skulle det kanske falla i glömska.

En reporter på Expressen var nitisk. Han hade gått igenom det mesta som fanns på internet och lyckats få tag på Bengt och Voizec. Efter att ha blivit erbjudna en ganska stor summa pengar, kunde de inte tacka nej till en reportageserie.

De berättade med inlevelse om händelsen i Östersund. Om Zorans katastrofala försök att ge igen och Vadim som nu satt inspärrad på livstid för de krigsbrott han gjort sig skyldig till. De var noga med att inte yppa något om sin egen medverkan i Vadims gripande, men reportern var skicklig och lyckades på något vis lirka fram hur det hela gått till.

Det blev ett inslag i ett samhällsmagasin på tv och en lång artikelserie i Expressen där de båda fick sina liv dissekerade från det de var små och hur olyckliga omständigheter format deras tillvaro.

Reportern var mycket angelägen om att få höra Kurts historia. Denna besynnerliga man som verkade osårbar och som tycktes bära på en mycket välbevarad hemlighet om sin bakgrund.

Det blev många telefonsamtal och när det började talas om flera hundra tusen i ersättning, kunde Kurt till slut inte stå emot längre. Ivrigt påhejad av Ulrika, satte han sig på stockholmståget för ett möte med Expressenreportern.

"Det ryktas om att du är utbildad av Israels hemliga polis. Vad har du att säga om det?"

"Det är inte sant. Jag har aldrig varit där. Det längsta jag varit utanför Skandinavien är i Kroatien."

"Kan du berätta varifrån du har fått dina färdigheter i självförsvar?"

"Jag har inga speciella färdigheter. Jag har väl haft tur och så kanske jag är lite snabb också."

Reportern fingrade på sina glasögon och gjorde en bekymrad min.

"Du Kurt, jag har specialgranskat videoklippet från Östersund och talat med experter runt om i landet. Alla är eniga om att det inte går att göra på det viset om man inte har tränat i många år. Sedan har vi Zoran som du övermannade och likviderade trots att han var beväpnad. I Kroatien misshandlade du fyra män som gav sig på er, varav en dog. Slutligen den här kidnappningshistorien där du lyckades övermanna alla och enligt vad jag hört, var du även bunden. Det begriper du väl Kurt, att det inte är trovärdigt. Kan du inte berätta nu. Vad är du för en mystisk person?"

Kurt våndades. Om han berättade vad som hänt med honom efter trafikolyckan skulle det verka ännu mer otroligt och förmodligen skulle ingen ta honom på allvar.

"Okej då, jag har tränat en del, det får jag väl erkänna."

Reportern sträckte på sig och rättade till sina glasögon.

"Hur då? Kampsport?"

"Jag har tränat snabbhet och att fokusera. Det är inte så märkvärdigt det gäller bara att koncentrera sig och handla i rätt ögonblick."

"Hur länge har du tränat?"

"Ja, det är väl länge, sen jag var tonåring."

"Men varför? Vad var syftet?"

"Det vet jag inte. Det bara blev så. Sen märkte jag att jag blev bättre och bättre. Jag har väl flink i fingrarna. Jag är till exempel duktig på att jonglera."

"Vad kom det sig att du hamnade i dom här situationerna?"

"Det var slumpen. Jag var på semester och råkade bli den som valdes ut för att pressas på pengar. Det är den enda förklaringen jag har."

"Har du någon kontakt med Bengt och Voizec nu när dom hoppat av sin brottsliga bana. Du vet väl att det var dom som såg till att Vadim blev gripen?"

"Nej, vi har inte setts sedan det som hände i Östersund. Men jag såg på tv och har läst i tidningen om dom."

Intervjun fortsatte med att Kurt berättade om kidnappningen och den dramatiska upplösningen. Han undvek att gå in på detaljer och prisade sin lyckliga stjärna att han undkommit oskadd.

Reportern slet sitt hår efter intervjun. Det var inte alls vad han

hade förväntat sig. Aldrig i livet att det var hela sanningen han
berättat. Alla han pratat med och som sett klippet från Youtube
hade varit fullständigt övertygade om att en sådan skicklighet inte
skulle kunna gå att träna sig till på egen hand. Karln ljög, det var
ingen tvekan om den saken och sanningen skulle fram, kosta vad
det kosta ville.

***

Det blev förändringar i tillvaron för Bengt och Voizec. De hade
fått en hel del pengar för sin medverkan i massmedia och kunde nu
börja planera framtiden med nya mål och drömmar.

Voizec ruckade inte på sina planer att åka hem till Azerbajdzjan för
att tillbringa lite tid med sin gamla mor, innan hon gick bort.

Som enda barnet hade han ju även gården att tänka på. Däremot
planerade han inte att stanna kvar där som han först tänkt.

Den dagen mamman gått bort, skulle han nog ta sig tillbaka till
Sverige.

Det hade gått bättre än planerat. Han var arbetsam och omtyckt på
jobbet. Den svarta anställningen hade omvandlats till vit i samband
med att firman bytt ägare och expanderat. Nu kunde han äntligen
känna att han lämnat sitt tidigare liv bakom sig och levde som en

vanlig människa. De extrapengar han fått, gjorde att han ibland kunde sätta lite guldkant på tillvaron och även skicka lite mer till sin mor. Det mesta hade han sparat för att senare kunna lägga på ett hus på landet. Det var nu hans stora dröm. Ett eget hus långt från stan, där han kunde ha både hundar och katter. Kanske några höns och varför inte en liten fru som ropade att maten var klar när han stod och högg ved.

Bengt var nu klar med sina studier på Komvux. Han funderade över att söka in på högskola, men tyckte samtidigt att han började bli lite för gammal att påbörja en lång utbildning. Han var inte riktigt på det klara med vad han ville syssla med och om han valde fel utbildning, kanske det skulle bli bortkastade år. Ingen idé att förhasta sig. I stället tillbringade han mycket tid vid föräldrarnas sommarstuga i Mariefred. Där påtade han i trädgården och byggde ett lusthus som föräldrarna köpt i byggsats och som legat ouppackad i flera år.

Han började trivas mer och mer där ute. Voizec kom ofta på besök och hjälpte honom bygga.

På kvällarna brukade de sitta ute i det halvfärdiga lusthuset och ta varsin öl och snacka om livet.

"Det är snart dags för mig att dra iväg. Det börjar gå utför med mors hälsa och hon har nog inte långt kvar. Jag har tagit tjänstledigt och åker om några veckor. Hänger du med?"

Bengt såg förvånad ut.

"Vadå! Till Azerbajdzjan?"

"Ja, du har väl inget särskilt för dig. Pengar har du och inget som hindrar dig. Om du hjälper mig med att fixa lite på gården, så får du betalt för det när jag säljer. Vad säger du?"

"Tja, när jag tänker efter så. Varför inte? Det kan vara kul att se hur det är där borta."

Det blev bestämt att de skulle resa tillsammans, så pass och visum fick ordnas i en hast.

***

Den serbiske mannen med de bortskjutna fingrarna, hette Pavel. Efter fjorton timmar i lastbilen hade de passerat gränsen till sitt hemland och han liftade med en personbil den sista biten till sitt hem i Sombor, som ligger nära gränsen till Slovenien.

Inte ett ord av klagan hade han yttrat på vägen, trots att smärtan varit näst intill outhärdlig.

När han äntligen kommit hem till sin sjaskiga lägenhet, hade han lagt sig ner på sängen och skrikit rakt ut. När han lindat bort trasan från handen, var det ingen trevlig syn han såg. Såren var infekterade och handen var svullen.

När doktorn han ringt efter, hade undersökt och behandlat handen, fick han en kraftig antibiotikakur utskriven och stränga förmaningar att sköta om skadan väl. Det var på vippen att återstoden av fingrarna gått att rädda.

Pavel såg på sina båda händer. På den ena hade han endast tummen och pekfingret kvar. På den andra handen var fingertopparna borta jäms med de övre fingerlederna. Pavel kokade av ilska. Den som var orsaken till detta skulle få känna samma smärta tio gånger om, innan hans liv släcktes.

**

Reportern från Expressen gav sig inte. Han kontaktade Bengt och Voizec för att pumpa dem på ytterligare information. Kanske skulle det krypa fram något mer som kunde kasta ljus över mysteriet med Kurt.

Tiden och minnet började sätta sina spår på historien. Händelseförloppet i Östersund och det som sedan följde, började bli något mer dramatiskt och uppseendeväckande än det varit från början. Reportern påverkades naturligtvis av detta och började bli allt mer besatt av Kurt och hans hemlighet. Han grävde och bökade i det förflutna men trots all tid han lade ner, fick han inte fram något mer.

Det var nästan så att han började tro att det var precis som Kurt berättat. Att han var en vanlig arbetare som tränat mycket och blivit ovanligt snabb.

Under samtalen med Bengt och Voizec kom det fram att de skulle tycka att det vore intressant att få träffa Kurt och snacka lite. Reportern såg framför sig ett bra reportage så han satte genast igång med att arrangera ett möte.

Kurt var till en början mycket skeptisk till att träffa dem. Vad skulle det tjäna till? Men det faktum att de inte längre var kriminella och att de faktiskt kontaktat honom och varnat när Vadim var ute efter honom, gjorde att han började släppa lite på sitt motstånd. Ulrika hade också ett finger med i spelet och tyckte att han absolut skulle gå med på detta. Inte minst för att han skulle få så bra betalt av Expressen.

Efter en tids funderande och tjat från Ulrika, beslöt han sig till slut för att träffa dem. Kravet var att de först skulle få prata själva, utan reportern. Det skulle nog kunna bli en konstig stämning om de visste att allt de sade skulle komma i tidningen. Det skulle kännas mycket bättre om de först fick prata ihop sig och komma överens om vad som skulle skrivas.

Reportern tyckte inte att det var någon bra idé, men Kurt var envis och fick till slut som han ville.

Det blev bestämt att de skulle träffas på Gripsholms värdshus i Mariefred. Äta en god middag på tidningens bekostnad och få prata några timmar innan reportern och fotografen skulle göra sitt reportage.

Kurt var lite nervös inför mötet. Vad skulle de prata om? Skulle de ha nånting gemensamt? Det hela kändes lite krystat och han började nästan ångra sig. Men han hade väl inget att förlora. Tidningen stod för taxi och middag och en i Kurts ögon rejäl summa pengar.

Det var ganska lite folk inne på värdshuset. Bengt och Voizec satt vid ett fönsterbord och hade redan tagit in varsin öl. Kurt gick fram till dem, tog i hand och slog sig ner.

Stämningen var lite tryckt och de kastade ur sig några fraser om vädret och den fina miljön. Kurt beställde in en öl och började titta i menyn.
"Oj, här var det mycket gott. Undrar vad man ska ta?"
Bengt studerade menyn med en blick som fick honom att framstå

som en kännare, trots att han knappt visste vad de olika rätterna vad för något. Fiskrätterna kändes dock bekanta.

"Hmm… Mälarjös, det verkar bra. Det tar jag.

Kurt och Voizec tittade i den läderklädda menymappen.

"Det tar jag också" sa Kurt.

"Jag med" sa Voizec.

Det blev en stunds obekväm tystnad när maten var beställd. Alla skruvade lite på sig och ingen visste riktigt vad man skulle säga.

Bengt var den som tog initiativet.

"Nej fan, det här duger inte. Nu får vi börja snacka. Vi kanske ska börja med att be dig Kurt om ursäkt. Det var ju faktiskt vi som drog in dig i det här. Vi gav oss på dig i Östersund. Det fick vi ju ångra. Men för vår del resulterade det i något positivt. Jag vet inte om det var därför, men hade det där aldrig hänt, kanske vi fortsatt med vårt destruktiva leverne och till sist kanske råkar riktigt illa ut?"

Voizec nickade medhållande och sträckte fram handen.

"Här Kurt har du min ursäkt. Förlåter du oss?"

Kurt tog emot deras handslag. Det kändes ärligt och äkta.

"Det är lugnt. Ni kunde ju inte veta vad som skulle hända och ni var ju inte ensamma. Vi kan glömma det där."

Stämningen började lättas upp och kändes inte längre så tryckt.

God mat och öl gjorde sitt till.

Bengt och Voizec berättade om sin resa mot ett bättre liv och Kurt berättade om den traumatiska händelsen då Ulrika blev kidnappad. Kurt var förvånad. Det var nästan som om han satt och snackade med några kompisar. Han hade aldrig haft några. Inga som han skulle vilja kalla kompisar eller vänner. Arbetskamrater var en sak, men det här kändes på ett annat sätt. På något vis så stämde personkemin på ett sätt som han aldrig varit med om förut. De andra kände likadant och när reportern kom, fattade de nästan inte vart tiden tagit vägen.

Det blev ett helt uppslag. Kanske något överdrivet sentimentalt om förlåtelse och om att gå vidare, men Kurt var i stort sett nöjd med artikeln. Det hade gett lite pengar och två bekantskaper som han tyckte ganska bra om.

De fortsatte att hålla kontakt. Mest var det Kurt och Bengt som snackade i telefon. Voizec gillade inte att prata med någon han inte såg. Visserligen hade han lärt sig att prata ganska bra svenska, men det var alltid lättare när han såg den han pratade med och kunde läsa av kroppsspråket.

Det var Voizec som föreslog att Kurt skulle komma och hälsa på i Azerbajdzjan. De skulle vara där i ett halvår och en vecka skulle han väl kunna avvara för ett besök. Flygbiljetten kostade inte mycket och mat och husrum skulle han få gratis. Ulrika fick

naturligtvis följa med. Det kunde bli en välkommen semester.
Kurt funderade på erbjudandet. Hade det hänt för några år sedan, skulle han inte ha tänkt tanken, men han började mer och mer inse att han till stor del slösat bort sitt liv genom att inte göra något. Det hade hänt mycket den sista tiden och det började förändra honom och hans sätt att tänka. Visserligen hade han tagit ut sina sista semesterdagar, men till hösten skulle det vara påfyllt igen. Så varför inte?

Ulrika var positiv och tyckte det skulle bli spännande att komma till ett nytt ställe i en del av världen hon aldrig varit i.

Vardagslunken kom krypande. Det hände inte så mycket. Kurt hade ledsnat på att läsa om sig själv på internet. De olika trådarna om hans äventyr och spekulationer om vem han var, började tunnas ut. Ulrika var däremot mycket aktiv på Facebook och tycktes aldrig tröttna på att läsa och berätta om sin berömde partner.

På återvinningscentralen var allt sig likt. Arbetskamraterna hade annat att snacka om nu när det gick bra för Guif i handboll och Sverige hade stora framgångar i skidspåren. Kurt var inte särskilt idrottsintresserad och satt mest och tänkte på annat när de andra var involverade i upphetsade diskussioner om olika idrottsbragder. De helger som Kurt och Ulrika var lediga tillsammans, brukade de ge sig ut på en biltur om det var bra väder. Annars blev det mest att hänga framför teven och kolla på någon film.

De hade börjat fundera på att kanske skaffa en sommarstuga. Tänk att få sitta på verandan en ljummen sensommarkväll. Ta en öl och se ut över en spegelblank sjö. Kurt kunde se det framför sig. Ulrika som stod i köket med ett blommigt förkläde och kokade färskpotatis. Båten som låg vid bryggan och väntade på en sen fisketur innan solen gick ner. Han hade nog tänkt på det förut, men insett att det inte fanns ekonomi nog för en stuga vid vattnet. Nu hade han fått lite tillskott i kassan. Inte så mycket så att det skulle räcka, men tillräckligt för att börja drömma. Ulrika tjatade ganska ofta på honom att han skulle börja utnyttja sin unika förmåga så de fick lite ekonomisk nytta av den. Men det var inte helt enkelt att hitta på något som han skulle vilja göra. Något som skulle ge en massa publicitet var uteslutet. Om han varit yngre skulle han kanske ha kunnat bli handbollsmålvakt.

Tänk vilken otrolig målvakt han skulle vara. Alla bollar, hur hårda och luriga de än var, skulle han med lätthet kunna mota, bara genom att koncentrera sig lite extra. Proffskontrakt och massor av pengar. Publiciteten skulle man väl få ta och det kanske skulle ha varit kul om man varit ung. Nu var det för sent. Tänk vilken uppståndelse det skulle bli om det skedde nu när han var femtiosex år. Det var bara att glömma.

Det där som Ulrika föreslagit, att han skulle börja jonglera, föll honom inte alls i smaken. Så fruktansvärt tråkigt och meningslöst. Aldrig i livet att han skulle ge sig på det. Ska det vara något så ska det vara roligt eller intressant, annars kan det lika gärna vara.

Fast det gick inte precis någon nöd på dem som det var nu. De hade det ganska mysigt tillsammans. Det var sällan som de grälade. De få gånger det skedde, brukade Kurt ge sig ganska snart. Han hade insett att det var meningslöst att argumentera mot Ulrika. Hon fick alltid sista ordet. Det spelade ingen roll vad han sa. Det var precis som om hon var programmerad att alltid ha rätt. Efter sådana tillfällen brukade Ulrika tycka lite synd om honom och ibland slutade det med lite försoningsmys. Då var det ju plötsligt värt det.

En gång höll det dock på att gå riktigt illa. Det var en regnig helg då båda var lediga. Kurt var lite sliten efter en ganska jobbig vecka. Dessutom hade han ont i halsen och var allmänt hängig. Ulrika hade fått ont i ryggen när hon tränat med sin medicinboll. Trots det var hon pigg och uppspelt. Från fredagskvällen hade hon oavbrutet pratat om allt mellan himmel och jord. Nog för att hon brukade prata mycket, men den här gången slog hon nog rekord. När de satt och fikade på söndagseftermiddagen, tystnade hon plötsligt. Hon spände blicken i Kurt.

"Har jag sagt något som överhuvudtaget har intresserat dig, den här helgen?"

Kurt blev förvånad över frågan.

"Ja, det är klart att du har. Jag tycker det är roligt att lyssna på dig."

"Ge mig ett exempel. Vad tyckte du var extra intressant och roligt av det jag pratat om?"

Kurt letade febrilt efter ord. Han tänkte och tänkte, men kunde inte komma på en enda sak som han lagt på minnet. Han blev tvungen att chansa.

"Det där du sa om sommarstugan, hur du ville ha det inne. Det var kul att höra."

Ulrika stirrade på honom med sin intensiva blick. Det var nästan som om hennes ögon glödde.

"Din jävla hycklare! Jag har inte sagt ett ord om sommarstugan på hela helgen. Menar du att jag har pratat för döva öron? Fy fan Kurt, då kunde jag ju lika gärna ha pratat med en vägg. Nånting kan du väl säga?"

Kurt började inse att loppet var kört. Att linda in sig i ännu fler lögner verkade inte särskilt smart och att vara tyst skulle bara göra saken värre.

"Du har rätt. Jag har kanske inte lyssnat särskilt mycket. Du vet ju att jag inte varit i bästa form i helgen. Men jag har tänkt rätt mycket. En sak jag tänkt på, är hur lyckligt lottad jag är som träffade dig. Jag hade nog räknat med att förbli ensam resten av livet och så händer det här. Jag träffar min granne som visar sej vara en helt fantastisk människa och som är det bästa som hänt mig i livet."

Kurt kunde nästan inte tro att det var han som kommit på de där orden och det bästa av allt, var att han kunde stå för dem. Han väntade med spänning på hennes reaktion.

Ulrikas iskalla blick började genomgå en förändring. Det kunde han tydligt se då hon började blinka på ett sätt som hon inte brukade. Ögonvitorna blev lite blankare och hennes tillsnörpta mun började sakta öppna upp sig och övergå i ett leende.

"Du Kurt, kom det där verkligen från hjärtat eller var det bara något du drog till med för att få lite husfrid?"

"Både ock. Jag menar det verkligen och lite husfrid som bonus är väl inte fel?"

"Ja, du är då en lustig prick. Nu blev jag rörd. Vill du ha kaffe?"

Kapitel 13

Strax efter midsommar åkte Voizec och Bengt till Azerbajdzjan. Voizecs mor bodde på en liten gård som låg i den europeiska delen av landet, inte så långt från gränsen mot Georgien.

Det var en liten gård med bara några få tunnland åkermark, några hagar och ett litet skogsparti där det mesta var avverkat. Hon hade två kor, några getter och höns samt en galt som blivit så gammal att han inte längre var tjänlig som människoföda. Galten hade hon fött upp från att han var spädgris och ju längre tiden gick, dess starkare blev banden mellan dem. Ungefär som med en hund. När det var dags för slakt, kunde hon inte förmå sig till det och galten fick gå kvar. Han gick fritt och fick gå som han ville mellan boningshuset och svinhuset. När hon var i köket och lagade mat, satt han bredvid och tiggde precis som en hund och han blev sällan lottlös. Han var förmodligen landets lyckligaste gris. Inte var han ensam heller. I trakten fanns vildsvin och han var inte sen att springa ut i skogen när det började lukta brunst.

Vildsvinspopulationen hade så sakteliga börjat skifta i färg och det var till stor del hans förtjänst.

Modern hette Ayla. Voizec hade alltid kallat henne för mor och visste knappt vad hon hette eller hur gammal hon var. Enligt hennes egen utsago var hon en bra bit över åttio år och det kunde nog stämma när han tänkte efter.

Hennes man och tillika Voizecs far, hade tidigt brutit upp från familjen. Han var inte särskilt intresserad av jordbruk och ägnade det mesta av sin tid till att dricka sprit och förlusta sig med de kvinnor som kom i hans väg. Han blev ihjälskjuten av en svartsjuk äkta man under tiden som Voizec satt i fängelse.

Ayla sörjde inte särskilt länge. Den mannen hade inte gjort annat än ställt till besvär och någon vidare förebild för sonen hade han då inte varit. Det blev ingen större skillnad för henne. Hon hade fått sköta alla sysslor på gården själv och med en mun mindre att mätta, blev det faktiskt lite lättare.

Voizec tog det heller inte så hårt. De starkaste minnena han hade av sin far var när han eller hans mor fått stryk. Det hände ganska ofta. Han hade planerat att ge igen när han blev frisläppt, men någon annan han före.

Det var en pärs för Bengt. Flygresan, den evinnerligt långa bussresan och till sist den halvmilslånga promenaden hade tagit på krafterna. Han var helt slut när de kom fram. Voizecs mor skrek av glädje när hon fick se sin son. Han hade förväntat sig att finna en döende människa. Det var i alla fall vad hon sagt till honom vid de sista telefonsamtalen. Istället såg han en krutgumma som förmodligen skulle överleva både honom och galten om hon gav sig fan på det. Hon var seg det visste han, men att se henne så pigg gjorde honom nästan irriterad. Visst var han glad att hon inte var så sjuk, men han kände sig nästan lite lurad. Hon berättade att hon blivit mycket bättre så fort hon fått veta att han skulle komma hem. Det trodde han inte riktigt på, men samtidigt kändes det ganska bra att vara efterlängtad.

Ayla dukade fram potatisgryta och kokt höna. Hon hällde upp vodka till brädden i dricksglasen och skålade med karlarna. Bengt var inte särskilt sugen på varken mat eller dryck men av artighet så åt han upp all maten och drack upp spriten. Efter det mindes han inte så mycket. Han stupade i säng och somnade på en gång.

På morgonen vaknade han av att någon puffade på honom. Han kände något blött mot kinden och när han öppnade ögonen fick han en chock. Ett ludet odjur med långa betar stod och dräglade över honom.

Han gav upp ett gallskrik och kastade sig ner på golvet på andra sidan sängen. Voizec och hans mor kom springande och undrade vad som stod på. När de förstått situationen, hade de haft hjärtligt roligt och skrattat så de varit tvungna att sätta sig ner. Bengt var till en början inte lika road, men kunde snart se det roliga i situationen.

Det var hårt arbete från första dagen. Gården var ganska förfallen så det var mycket som behövde lagas. Både Bengt och Voizec var händiga och arbetet löpte på bra. Bengt undrade hur Voizec hade tänkt med försäljningen nu när det visat sig att hans mor inte var i så dåligt skick som hon hade påstått.

"Jag ska sälja ändå. Jag har pratat med mor om det. Mot löfte om att hon får bo kvar tills hon dör så ska en eventuell köpare få ett mycket bra pris."

"Litar du på det då? Tänk om han kastar ut henne så fort du rest." Voizec såg nästan lite förnärmad ut.

"Ett handslag är ett handslag och det är mer värt här än alla skrivna papper. Konsekvenserna av att inte hålla ett sådant löfte är så svåra att ingen skulle komma på tanken."

Bengt nöjde sig med svaret och tog inte upp frågan igen.

Det var skönt att få jobba med kroppen. Både Bengt och Voizec kände hur de blev starkare. De mådde bra av den friska luften och av all mat som Ayla lagade.

Galten och Bengt hade blivit goda vänner efter det traumatiska första mötet. Grisen gick hack i häl med honom mest hela tiden och Bengt var inte sen att sticka till honom någon liten godbit då och då. Voizec och hans mor hade mycket roligt åt det. Om det någon gång hände att de inte var i närheten av varandra, brukade Voizec fråga om de gjort slut. När han översatte till sin mor, skrattade hon så att hon kiknade. Bengt tyckte också det var roligt så han bjöd på det.

Efter några veckors hårt arbete, började det se riktigt skapligt ut på gården. Grusgången var rensad och krattad. Det trasiga staketet var lagat. All bråte som legat och skräpat var uppeldat. Nu hade de börjat att måla på huset. Det gjorde stor skillnad när den gamla flagnade färgen ersattes mot ny.

Tiden började närma sig då Kurt och Ulrika skulle hälsa på. Voizec ville få det så fint som möjligt så han anlitade några lokala flickor som fick gå loss med skurborstar och trasor. Trots att hans mor var pigg och alert, var det ett allt för tungt arbete för henne att skura och feja inne på de grovhuggna golvplankorna. Hon nöjde sig med att gå runt med sopkvasten lite då och då. När flickorna var klara, luktade det rent av såpa. Galten tittade in genom köksdörren men vände kvickt när han kände den ovana lukten.

Kurt var inte så sugen på att åka iväg. Först hade han tyckt att det skulle bli spännande, men när inte Ulrika fick möjlighet att följa med då det var stor personalbrist på hennes jobb, tyckte han inte att det var lika roligt. Ulrika hade emellertid övertalat honom att åka. Hon menade att han skulle ta vara på möjligheten att få uppleva ett land på ett annat sätt än bara som turist. Han lät sig övertalas och den nionde september satte han sig på planet som skulle ta honom till Tbilisi i Georgien. Därifrån skulle han ta tåget för att sedan bli upphämtad av Bengt och Voizec.

Flygresan gick fort men tågresan var jobbig. Sätena var hårda och obekväma och det var massor av folk som stojade och skrek. Det var omöjligt att försöka sova och maten som fanns att köpa var allt annat än ätbar. Kurt var både trött och hungrig när han var framme där det var bestämt att han skulle hämtas.

Efter tre timmars väntan dök Bengt och Voizec till slut upp. De hälsade hjärtligt och innan de åkte, åt de en rejäl lunch på en sliten restaurang som låg strax intill järnvägsstationen.

Bengt somnade i den gamla pickupen och vaknade inte förrän de var framme på gården. Det var sent på eftermiddagen och solen var på väg ner bakom ett högt berg som skymtade i fjärran. Det var sagolikt vackert. Den tunna hinna av moln som samlats runt bergstoppen, svepte in den nedgående solen i fantastiska färger. Det såg nästan ut som om himlen brann.

"Välkommen till Azerbajdzjan. Här är min mor Ayla och här är hennes man."

Voizec pekade på galten som stod bredvid henne.

Kurt trodde först att han hört fel, men när han såg Voizecs flin, förstod han att han skojade. Han hälsade artigt på modern.

"Vad heter grisen?"

Voizec frågade sin mor men hon bara ryckte på axlarna.

"Han heter inget särskilt. Bara grisen."

I två veckor skulle Kurt vara där. Tiden gick fort och de hade väldigt trevligt. Efter några dagar kände Kurt hur han kom allt närmre de andra två. Under de sena kvällarna när de satt framför den öppna spisen och drack öl, handlade samtalen allt mer om hur deras liv varit och vad som låg i framtiden. Ingen av dem hade tidigare samtalat på det sättet och det kändes befriande att få prata om annat än ytliga saker och sådant som bara var tänkt att skrattas åt.

Kurt anförtrodde sin hemlighet åt dem. Hur han efter bilolyckan fått förmågan att kunna se händelser i slow motion och att det var därför han kunnat undkomma oskadd de gånger han råkat illa ut.

Bengt och Voizec satt som fågelholkar och kunde inte riktigt ta in det de hörde.

"Det verkar ju inte riktigt klokt. Är det sant? Hur kan det bli så?"

"Jag vet inte. Läkarna sa att det var hallucinationer efter medicineringen, men det bara fortsatte. Det måste ha hänt något underligt med min hjärna när jag slog i skallen."

Bengt kliade sig i huvudet.

"Menar du att du kan framkalla det där tillståndet när du vill?"

"Ja, så är det. Vi har experimenterat en hel del Ulrika och jag och jag kan nog säga att jag nu har fullständig kontroll över det hela."

De verkade fortfarande inte riktigt tro på vad han sa.

"Kan du inte visa oss något?"

Kurt funderade på vad han skulle göra. Han såg sig om och fick se en skål med tomater som stod på en bänk. Han hämtade skålen och satte sig ner, tog upp två tomater som han kastade upp i luften. Han bollade lite långsamt med ena handen samtidigt som han tog upp två till och kastade upp. Sedan två till och ytterligare två. Samtidigt som han jonglerade med åtta tomater, tog han en till som han började äta på.

Bengt och Voizec satt som paralyserade. De kunde inte tro sina ögon.

Kurt plockad ner tomaterna i skålen en efter en.

"Det där var enkelt. Jag skulle med lätthet kunna bolla med tjugo samtidigt."

"Det är fan otroligt! Ingen jonglör i hela världen skulle kunna göra så. Du kan ju för helvete bli världsberömd."

"Ja det är sant, men det skulle jag aldrig göra. För det första är det inte särskilt kul att jonglera och sen skulle det innebära en massa uppmärksamhet och jag skulle aldrig få vara i fred. Hur kul är det?"

"Men tänk så mycket stålar du skulle kunna göra."

"Nu låter du precis som Ulrika. Vi har ju nyss pratat om att det finns andra värden i livet än pengar. Nej, helst av allt vill jag nog bara bli av med det och att allt blir som förr igen."

De satt alla tre tysta en lång stund.

"Kan du visa något mer?"

Kurt funderade.

"Kom! Vi ställer oss upp så får ni försöka träffa mig med några slag. Ni kan ta i så mycket ni kan. Det är ingen fara.

Bengt och Voizec såg på varandra och verkade lite skeptiska. Bengt slängde iväg en lätt jabb mot Kurts ansikte, som han lätt duckade för.

"Kom igen nu. Det där var väl inget. Ta i lite nu."

Han gav de båda varsin rejäl fingerknäpp på nästippen. Det gjorde ordentligt ont så de började veva på med svingar och jabbar. Kurt hade inga som helst problem med att undvika slagen och varje gång de missade, knäppte han till dem på nästippen.

Nu var de uppe i varv och ordentligt irriterade över de ständiga näsknäppningarna. Det blev nästan på allvar och de tog i så mycket de kunde. Snart började de flåsa oroväckande, så Kurt avslutade det hela med att ta tag i deras armar och dra ner dem på golvet så de hamnade på varandra. Sen satte han sig på dem.

"Är ni trötta grabbar?"

De flåsade som om de sprungit ett långlopp. Voizecs mor kom springande och drämde en sopkvast i huvudet på Kurt. Hon skrek som besatt och trodde att Kurt blivit tokig.

"Sluta mor! Vi skojar bara." Ropade Voizec.

"Men hur ser ni ut? Era näsor är ju alldeles röda. Vad är det ni har för er?"

Voizec reste sig upp och lugnade ner henne.

"Kurt ville bara visa hur bra han var på att brottas."

Bengt satte sig ner och torkade svetten ur pannan.

"Ja, nu förstår jag vad som hände i Östersund."

Det blev en del utflykter i trakterna runt gården. Naturen var makalös med vidsträckta slätter och höga berg i fjärran. De flesta byggnader var i ganska dåligt skick och de små samhällen som låg utspridda lite här och där, verkade ha stannat i en svunnen tid. På många ställen såg man oljeborrtorn i full aktion och fullastade timmerbilar trafikerade vägarna med en förvånansvärd intensitet. Kurt undrade hur det kom sig att det verkade vara fattigt trots alla naturtillgångar.

"Det är inte så länge sedan vi levde i en planekonomi och var en del av Sovjetunionen. Visserligen hade alla jobb då och kunde leva ett någorlunda bra liv, men all vinst från oljan och skogen hamnade i Moskva. Det kommer att ta tid innan vi lär oss att ta hand om oss själva, men jag är övertygad om att det här landet kommer att blomstra en dag. Vi är en bra bit på väg och har nog bättre förutsättningar än många av dom andra forna sovjetrepublikerna".

När de närmade sig gården efter en utflykt, såg de att det kommit besök. En främmande bil stod parkerad på gårdsplanen och två män stod och talade med Ayla.

Det var inga som Voizec kände igen. Han gick fram för att höra vad de ville. När han kom närmare, såg han att männen såg konstiga ut. De var båda brännskadade i ansiktet. Han hälsade. Männen tittade på honom och såg inte särskilt vänliga ut. En snabb blick på Ayla gav honom onda aningar.

"Hej Voizec. Det var länge sedan. Känner du igen oss? Vi hörde att du var på besök och tänkte att vi skulle komma förbi och hälsa."

Voizec grävde febrilt i sitt minne men kunde inte placera dem.

"Jag är ledsen men jag kan inte känna igen er. Vad vill ni?"

"Jaså, du känner inte igen oss? Det kanske beror på att vi inte såg ut så här när vi sågs senast."

Den ena mannen pekade på sitt brännskadade ansikte. I samma ögonblick kom Voizec på vilka det måste vara.

"Ja, det var länge sedan, mer än trettio år. Jag har sonat för det. Jag fick sitta tio år för det jag gjorde mot er, tycker ni inte att det räcker?"

"Tio år fick du sitta, men vi har lidit i över trettio år för det du gjorde mot oss. Vi kan inte se någon rättvisa i det.

Vi tycker att du borde få känna på hur vi haft det. Det vore väl mer rättvist. Eller hur?"

Voizec såg framför sig hur han hällt bensin över pojkarna som plågat den stackars gåsen och hur de skrikit då han tänt på. Han kunde inte känna någon ånger alls över handlingen.

"Ni fick vad ni förtjänade. Öga för öga, tand för tand. Gåsen ni plågade dog, men ni fick leva vidare."

Bengt och Kurt förestod inte ett dugg av vad samtalet handlade om, men att döma av tonläget och de bistra minerna, var det allt annat än vänskapligt.

Tonläget hårdnade och det låg i luften att det snart skulle hända något dramatiskt. Ayla blev blek och satte sig ner på farstutrappan. En av männen drog fram en pistol som han riktade mot Voizec. Den andra gick till bilen, öppnade bagageluckan och tog fram en bensindunk.

"Vad ska vi göra?" Viskade Bengt till Kurt.

Kurt tog några steg närmare Voizec men möttes av ett skott i marken precis där han skulle sätta ner foten. De båda männen skrek till varandra och stämningen var hotfull. Mannen med bensindunken började fumla med locket och när han fått av det, rusade han fram mot Voizec. Precis när han var så nära att han kunde börja skvätta ut innehållet, tog Voizec några snabba steg fram och grep tag i honom innan han hunnit hälla ut något.

Mannen med pistolen försökte sikta men hans kamrat stod i skottlinjen.

I det pågående kaoset fattade Kurt ett snabbt beslut. Han skrek till Bengt att undsätta Voizec, samtidigt rusade han fram mot pistolmannen som genast avlossade ett nytt varningsskott i marken. När Kurt inte stannade, höjde han pistolen och avlossade ett skott rakt mot honom. Kurt såg kulan men undvek den enkelt. Mannen avlossade ännu ett skott innan Kurt var så nära att han kunde slå pistolen ur handen på honom. Nu var Bengt framme och med ett kraftigt slag mot ansiktet, fällde han mannen med bensindunken till marken.

Pistolmannen var stark och Kurt hade inte en chans att brotta ner honom. Han skrek till Bengt som genast kom springande och slog ner honom.

Voizec gick runt och svor på sitt språk. Han var rasande. När han tittade mot huset, såg han hur hans mor sjunkit ihop på trappan. Han sprang fram och tog tag i henne, skakade och försökte få liv i henne. Men det var för sent. Hon var död.

Bengt och Kurt var i full färd med att binda männen och hade inte uppfattat vad som hänt Ayla. När de var klara, såg de Voizec sitta bredvid sin hopsjunkna mor med ansiktet begravt i händerna och gråta som ett barn.

”Men vad har hänt med din mor? Har hon tuppat av?”

"Hon är död" mumlade Voizec.

"Har hon blivit träffad?"

"Nej, hon fick nog en hjärtinfarkt."

Voizec reste sig och såg på de båda männen. Han var svart i ögonen. Med stirrig blick rusade han fram, tog upp bensindunken och hällde ut det kvarvarande innehållet över dem. Han grävde i fickorna efter tändsticksasken samtidigt som männen skrek och vädjade till honom att inte göra det.

Kurt och Bengt skrek till honom att han skulle sluta. Precis när han fått fatt i asken och öppnat den, var Bengt framme vid honom. Han tog ett stadigt tag med sin kraftiga underarm runt hans hals och klämde till. I samma ögonblick som Voizec förlorade medvetandet, släppte han greppet och lade honom försiktigt på marken.

"Förlåt Voizec men det var för din egen skull."

När Voizec vaknade upp, satt Bengt och Kurt på var sida om honom. Han såg sig förvirrat omkring och undrade vad som hänt. Bengt lade sin arm runt honom.

"Jag kunde bara inte låta dig göra det som du tänkte. Du har ju fått ordning på ditt liv. Ska du rasera alla dina drömmar och förhoppningar? Nu måste du ta hand om gården och ordna med begravning. Vem skulle göra det om du satt inne?"

När Voizec fått tid att tänka efter var han tacksam över sin kamrats agerande. Han förstod också att han hade Kurt att tacka för sitt liv. Utan hans unika förmåga skulle förmodligen männen ha lyckats med sitt uppsåt.

Två veckor efter händelsen begravde Voizec sin mor. Kurt hade åkt tillbaka till Sverige men Bengt var fortfarande kvar. De båda gärningsmännen satt inspärrade och väntade på rättegång. Det skulle förmodligen bli ett långt straff. Förutom att de kommit till gården med onda avsikter, var de även anklagade för att ha vållat Aylas död.

Bengt och Voizec skyndade på med arbetet att få gården i bästa skick.

"Hur har du tänkt nu då? Ska du sälja så fort som möjligt eller?"

Voizec funderade en lång tid innan han svarade.

"Jag lär nog vänta ut grisen först."

Kapitel 14

Ulrika hade verkligen längtat. När hon fick se Kurt, rusade hon fram och kastade sig i famnen på honom. Hon pussades så han blev alldeles blöt i ansiktet. Det kändes lite genant för det var många människor på centralstationen. Kurt såg sig omkring, men ingen verkade ta någon notis om dem.

"Välkommen hem. Gud vad jag har saknat dig. Har du saknat mig?"

Kurt tänkte efter. Visserligen hade han tänkt på henne ibland, men det hade hänt så mycket annat. Saknat, var väl kanske att ta i.

"O ja! Jättemycket. Skönt att vara hemma igen."

Kurt och Bengt höll kontakten. Flera gånger i veckan pratade de i telefon och hade även hälsat på varandra vid några tillfällen.

De hade kommit överens om att inte berätta för någon om det som hänt i Azerbajdzjan. Inte ens Ulrika fick veta något. Kurt visste att hon inte skulle kunna hålla tyst och allt det hon skrev på Facebook kunde vem som helst läsa. Kurt hade fått nog av uppmärksamhet. Han tackade vänligt men bestämt nej till alla förfrågningar om intervjuer och erbjudanden om diverse uppdrag.

Det var skönt att bara leva som en vanlig människa. Jobba och komma hem till gumman på kvällen. Var hon inte hemma så kunde han slappa framför teven, ta en öl och bara ta det lugnt.

Bengt fortsatte att bygga och renovera på sina föräldrars sommarställe som nu började se riktigt prydligt ut. Han var klar med studierna på Komvux och började nu ordentligt fundera på vad han skulle göra med sitt liv. Att bygga och snickra var något som han börjat tycka mer och mer om, men han hade ingen lust att utbilda sig i yrket. Det skulle krävas två år i yrkesgymnasium och sedan praktik. Han tyckte att det räckte nu. Dessutom skulle han nog inte passa för att vara anställd.

Han hade lite sporadisk kontakt med Voizec och började förstå att han nog inte hade tänkt åka tillbaka till Sverige. I alla fall inte under den närmaste framtiden. Han kunde ana ett svårmod och en bitterhet i hans röst och befarade att Voizec hade planer som var illavarslande. Flera gånger försökte han övertala honom att sälja gården och komma hem. Kanske skulle de kunna hitta på något tillsammans. Starta eget. Köpa upp gamla fallfärdiga hus och rusta upp för att sedan sälja. Voizec verkade lockad av tanken, men sa att han hade en sak att uträtta först och att det skulle ta lite tid. Han nämnde aldrig vad det var, men Bengt anade det värsta.

Strax efter att Bengt hade lämnat Azerbajdzjan och de båda brännskadade männen var dömda och inlåsta, fick Voizec nytt besök. Det var några manliga släktingar till de dömda som var mycket upprörda och krävde att Voizec skulle bidra med pengar till de bådas familjer. Voizec hade bett dem dra åt helvete.

Några dagar senare då han varit in till samhället och handlat mat och närmade sig gården, kände han på sig att allt inte stod rätt till. Han såg sig oroligt omkring och upptäckte att korna i hagen låg ner. Han rusade fram och såg då att de var döda. Han skyndade sig till ladugården där han fann att även getterna var avlivade. Likadant var det med hönsen. Han ropade förtvivlat på galten och kunde höra ett svagt grymtande bakom hönsgården. Där låg den gamla galten på sidan och flämtade. Buken var uppfläkt av ett hagelskott och det syntes att han hade mycket ont. Voizec rusade in i huset och hämtade sitt gevär. Med ett välriktat skott gjorde han slut på grisens plågor.

Voizec satte sig på en sten och begravde ansiktet i händerna. De blev alldeles blöta av alla tårar. Han kände hur hatat bubblade upp inom honom och till slut skrek han rakt ut.

"Denna förbannade släkt av djurplågare ska raderas från jordens yta. Var så säker!"

Han kunde varken äta eller sova. I gryningen tog han sitt gevär, en handfull ammunition och satte sig i bilen.

Han trodde sig veta var de bodde, karlarna som kommit för att tala med honom. Vad det fanns för släktskap visste han inte och han kunde inte vara helt säker på att det var just de som dödat djuren. Men det skulle han ta reda på.

Voizec parkerade bilen bakom en kulle ett hundratal meter från gården där han trodde att de befann sig. Han tog geväret och började sakta smyga fram mellan träd och stenar.

Utanför huset såg han två män stå och prata. Voizec kände genast igen dem. Den ena höll ett gevär i handen så det var inte bara att rusa fram. Han satte sig ner i skydd av en stor sten och funderade på hur han skulle göra.

Ilskan och hatet hade fördunklat hans omdöme, det var han medveten om. Han försökte lugna ner sig och ansträngde sig för att tänka klart.

Nu började männen röra på sig och gick mot en traktor som stod på ladugårdsbacken. Geväret hade de lämnat vid farstukvisten.

Voizec spanade in omgivningen. Hundra meter längre fram, fanns ett buskage där han skulle vara inom skotthåll. Han ålade sig fram på marken för att undgå att bli upptäckt och snart var han framme. Männen stod och skruvade på motorn men höll sig mest på fel sida om traktorn och där var det svårt att få in en träff.

Voizec försökte hålla sig lugn, tänka klart och analysera läget.

Fanns det några fler i huset? Hade de fruar och barn och hur skulle de i så fall klara sig utan sina män? Om han dödade dem, skulle då andra komma för att utkräva hämnd? Det skulle kanske aldrig ta slut. Han tänkte på hur livet hade varit. Det hade börjat bra, men blivit skit av allting. Sedan hade det börjat ordna upp sig igen. Om han nu dödade männen skulle han troligen hamna i fängelse eller bli dödad av hämndlystna släktingar. Men han stod inte ut med tanken på att bara låta det vara. Något måste han göra.

Männen verkade vara klara med sitt arbete på traktorn. De vände tillbaka mot huset men kom snart ut igen.

De satt länge och pratade. Till slut lade de sig ner i gräset för att ta en tupplur. Voizec väntade tills det såg ut som att de somnat, då smög han försiktigt fram. Han iakttog dem en stund, sedan satte han gevärspipan i magen på den som låg närmast. Mannen vaknade med ett ryck. Voizec stirrade på honom med iskall blick.

"Jag har några frågor att ställa. Ljuger du så skjuter jag dig i magen, var så säker. Var det ni som dödade mina djur?"

Mannen blev skräckslagen och fick inte fram ett ljud. Den andra hade nu också vaknat och reste sig hastigt upp. Voizec slog till honom med bösskolven i huvudet så att han avsvimmad sjönk till marken. Sedan satte han åter pipan i magen på den andre.

"Jag frågar igen. Var det ni som dödade mina djur? Du har tio sekunder på dig att svara, sen trycker jag av."

Mannen var paralyserad av skräck, men började prata.

"Ja, det var vi. Snälla! Skjut inte."

"Varför gjorde ni det? Vad hade djuren gjort för ont?"

"Vi ville bara hämnas för det du gjort mot våra kusiner."

"Vad skulle ni säga om jag gick in i huset och mördade era familjer? Skulle det vara rättvist? Dom är väl lika oskyldiga som mina djur?"

"Vi har inga familjer. Vi bor själva här."

"Är ni homofiler?"

"Nej, vi är bröder och kusiner till dom som du nästan eldade upp och sedan fick inlåsta."

"Vet ni vad som hände då?" Har dom berättat sanningen? Vad anledningen var?"

"Dom sa att du bara kom fram och slog ner dom, hällde på bensin och tände på."

"Kunde just tro det. Men det hade väl inte spelat någon roll om dom berättat att dom plågade djur. Ni verkar ju vara av samma sort."

Voizec hade god lust att krama avtryckaren.

"Sådana som ni borde inte finnas. Njuter ni av att se djur lida? Erat jävla pack. Jag borde skjuta er båda och gräva ner er på dynghögen där ni kunde ligga och ruttna."

Voizec tog upp bössan, vände på den och stötte kolven i pannan på mannen. Sedan letade han upp några repstumpar som han band runt männens händer och fötter varefter han släpade dem till huset och lutade dem mot väggen.

Han klev in i huset och konstaterade att mannen talat sanning. Där hade inte någon kvinna huserat på år och dagar, det kunde man tydligt se. Det var smutsigt och rörigt. Sprit och ölflaskor var slängda lite varstans och tidningar med lättklädda damer låg i drivor.

Han inspekterade uthuset och såg till sin förskräckelse att alla husdjur var mer eller mindre vanvårdade. Det gjorde honom ännu mer arg. Han satte sig ner och funderade på vad han skulle göra. Tankarna gick fram och tillbaka. Skulle han ta lagen i egna händer och få sinnesfrid, men hamna i fängelse igen. Skulle han tillkalla polis och få dem fällda för att ha dödat hans djur? Vem skulle då ta hand om krakarna som stod uppbundna här? De skulle förmodligen bli avlivade.

Till slut hade han fattat sitt beslut. Han gick till brunnen och hissade upp en spann med vatten som han kastade över de avsvimmade männen. De kvicknade till och stirrade förskräckt på honom.

"Nu har jag bestämt vad jag ska göra med er. Jag har sett mig omkring och hittade era vanvårdade djur.

Det var precis som jag trodde. Ni är djurplågare och njuter av att se dom lida. Nu ska jag njuta av att se er lida. Jag tänker skjuta er i magen precis som ni gjorde med min galt. Sen ska jag titta på när ni ligger och vrider er i plågor. När ni är döda, ska jag släpa ut er på gödselstacken där ni ska få bli mat åt korparna. Det ska bli mig ett sant nöje."

Voizec höjde geväret och siktade länge. Så brann skottet av och träffade strax intill en av männen.

"Jävlar! Vilken dålig bössa. Nåväl, vi gör ett nytt försök."

De båda männen skrek och bad. Båda hade stora våta fläckar fram på byxorna. Voizec höjde bössan på nytt. Skottet tog bara några centimeter från den enes ben.

"Det var då fan! Ska det inte gå att träffa?"

Tredje gången siktade han extra länge.

"Men stoppa mig då för fan! Vad tänker ni göra? Ni är sekunder från döden och ni bara ligger där och skriker. Har ni inget vettigt att säga?"

"Vi gör vad du vill" skrek de i kör. "Allt du säger, bara du inte skjuter."

Voizec sänkte sakta sitt gevär.

"Då ska ni höra på. Ni ska släppa era djur på bete. Borsta dom och se till så dom blir feta och välmående. Jag kommer att hålla ögonen på er. Är det så att jag upptäcker att dom inte har det bra, kommer jag att göra slut er utan att tveka. Ni visste förmodligen inte vem ni gav er på, men nu vet ni det."

Voizec lade ifrån sig geväret och gick in i ladugården. Han lossade korna från deras bojor och föste ut dem på gårdsbacken. Likadant gjorde han med grisarna och fåren. De skuttade runt och rusade fram till det gröna gräset vid sidan om uthusen.

Voizec kunde inte låta bli att le. Det var få saker som gjorde honom så lycklig som att se djur som var glada.

De båda männen låg på rygg och flämtade i sina nedpissade byxor. Voizec gick fram till dem.

"Jag hoppas vid gudarna att ni förstår att jag menar allvar. Jag kommer inte att vara lika snäll nästa gång om jag får anledning till det."

Männen nickade ivrigt.

"Vi förstår mycket väl. Vi ska göra som du sagt."

Voizec lät de båda männen ligga bundna. De skulle nog ta sig loss så småningom. Han satte sig i bilen och åkte hem. I huvudet snurrade tankarna. Hade han gjort rätt? Förmodligen inte. Men det kändes rätt för honom och det var huvudsaken.

Voizec styckade sina döda djur och åkte till stadens saluhall med allt kött. Han sålde det och for sedan vidare till mannen som var spekulant på gården. Det blev en snabb affär. Han lyckades inte få riktigt så mycket betalt som han räknat med, men han var ändå ganska nöjd.

Dagen efter besökte han lantbruksinspektionen och träffade där den veterinär som var ansvarig för tillsynen av boskap i trakten. De talades vid länge och Voizec överlämnade en ansenlig summa pengar mot löfte att veterinären fortlöpande skulle inspektera gården där de båda olycksbröderna huserade.

Efter att ha och festat några dagar, satte han sig på tåget till Tbilisi för att sedan åka vidare till Sverige.

**

Bengt stod och hyvlade på en bräda som skulle bli en bänk till altanen. Han var noggrann och med tiden hade han blivit alltmer medveten om att han var en duktig snickare. Föräldrarna hade varit fulla av beundran när de sett vad han åstadkommit. Det hade stärkt hans självförtroende och han kände nu en mycket stor tillfredsställelse när han lyckats bygga något som han var nöjd med. Han putsade och slipade nästan maniskt på varje hörn. Stannade upp och granskade resultatet.

Solen gassade och han blev svettig. Han lade ifrån sig verktygen, satte sig i skuggan och öppnade en öl.

En bil stannade utanför staketet och en man klev ur.

Först kände han inte igen honom, men när han kom närmare såg han att det var Voizec. Bengt reste sig.

"Men va fan! Är det du? Jag trodde inte att du skulle komma tillbaka."

"Nej, men så blev det i alla fall."

De satt hela eftermiddagen och pratade. Voizec berättade bara flyktigt om det som hänt efter det att Bengt hade rest hem. Deras samtal handlade mest om framtiden.

"Jag har tänkt på det där du sa om att starta eget. Är det fortfarande aktuellt?"

"Absolut! Jag har kollat runt lite. Det finns massor med gamla kåkar som man kan köpa billigt. Det är jävligt mycket jobb att få dom i skick, men överdriver man inte renoveringen så går det nog att göra sig en hacka."

Voizec tog upp ett kuvert ut byxfickan, öppnade det och tog ut en bunt med sedlar som han lade framför Bengt.

"Här har du för att du hjälpte mig på gården."

Bengt bläddrade i sedelbunten.

"Va fan! Är du inte klok? Det är ju för mycket."

"Inte om vi ska bli kompanjoner. Då delar vi väl på allt. Eller?"

Voizec tog upp ytterligare en sedelbunt. Här är resten av det jag fick för gården. Om du vill så börjar vi direkt. Det här blir vårt startkapital."

"Fan Voizec, det är klart jag vill, men jag har inga egna pengar ännu. Jag hade tänkt jobba och spara ett tag. Det här känns inte riktigt bra."

"Men vadå! Spelar det någon roll? Det är väl bara att vi delar upp det vi tjänar tills vi har kvittat. Startkapital måste vi ju ha och här finns det. Ska vi vänta på att du ska jobba ihop lika mycket, så kommer vi aldrig igång."

Till slut gav Bengt med sig. De började genast planera. Skrev upp vad de behövde för utrustning och var de skulle börja leta efter lämpliga objekt.

***

Kurt vaknade med ett ryck. Först trodde han att han försovit sig, men kom på att det var lördag. Ulrika hade redan stigit upp och rumsterade om i köket. Efter en kort stund kom hon in i sovrummet med en frukostbricka.

"Har den äran på födelsedagen."

Kurt hade alldeles glömt bort att han fyllde år. De brukade inte göra någon stor sak av det, så han blev lite förvånad.

"Vad vill det här säga? Så här brukar vi inte göra."

"Nej jag vet, men nu kände jag för lite omväxling. Man behöver ju inte alltid göra likadant hela tiden."

Hon ställde ner brickan på sängen och kröp ner bredvid Kurt. Det var ovant men mysigt att äta frukost i sängen. Det hade han inte gjort sedan han gick i småskolan.

"Hur känns det att bli så här gammal då? Vad blir det nu, femtiosju eller femtioåtta?"

Kurt var tvungen att tänka efter.

"Nej du! Femtiosex är det allt."

"Oj, vad gammal. Du är ju snart pensionär. Snart orkar du väl inte med ett sådant yrväder som mig."

Ulrika lyfte lite på täcket och klämde på Kurts kalsonger.

"Hur är det med den här lilla krabaten då? Hur tycker han att det känns att bli så gammal? Men titta! Han sover. Då ska vi inte väcka honom. Bäst att han får vila så han är pigg i kväll."

Hon lade ner täcket och fortsatte att tugga på sin rostade brödskiva.

Det blev en bra födelsedag. Kurt och Ulrika åkte till Tuna Park och åt lunch. Sedan skulle Ulrika handla lite kläder. Då passade Kurt på att titta runt på Kjell & Co och Teknikmagasinet. Där fanns mycket roligt.

Därefter bar det av mot Folkesta köpcenter där Ulrika skulle ha något på Rusta. Det var någon slags träningsredskap hon läst om i ett reklamblad och som skulle kunna göra att man blev lite fastare i hullet. Inte för att han begrep vad det skulle vara bra för. Hon var ju så fin som hon var, men det var inget som han tyckte var nödvändigt att ifrågasätta.

När de var framme passade Kurt på att kila in på Jula. Det var hans favoritaffär. Där fanns nästan allt en man kunde önska sig. Han gick runt bland hyllorna och kände på grejorna. När han kom till trädgårdsavdelningen, började tankarna på ett eget sommarställe komma tillbaka. De hade pratat ganska mycket om det, men det blev liksom inget mer. Kurt såg framför sig hur han tog upp färskpotatis och plockade hallon och jordgubbar. Hur ekan nere vid bryggan guppade i vågorna och Ulrika som låg i baddräkt på en filt, med en solhatt på huvudet och läste en bok. Kanske skulle de göra slag i saken och försöka få tag i något till sommaren?

På hemvägen pratade de om det.

"Vad säger du Ulrika, ska vi inte börja leta nu? Om vi inte bestämmer oss snart så är risken att det inte blir något av det. Eller du kanske inte vill?"

"Jodå det är klart att jag vill, men vi har ju inte så mycket pengar. Det är dyrt att hitta något vid sjön och vi har inga tillgångar som vi kan låna på."

"Vi jobbar ju heltid båda två så det är nog inget problem. Då får vi ta ett topplån till kontantinsatsen. Allt vi sen betalar, är ju till vårt eget. Förresten! Det finns stugor på arrendetomter. Dom kan man få till helt andra priser, även om dom ligger vid vattnet."

Det blev startskottet till ett intensivt sökande på Hemnet och Blocket. De tog med sig kaffekopparna och satte sig båda framför datorn där de gick igenom allt som kunde tänkas vara av intresse.

Efter en stunds tittande, fastnade de båda för ett objekt som vid första anblicken såg lite förfallet ut. Men när de tittat runt bland bilderna, började det bli mer intressant.

Det var ett litet torp som låg alldeles vid strandkanten vid Näshultasjön. Ganska långt från närmaste granne. Huset var litet och kanske inte i bästa skick och den lilla trädgården var ganska misskött. Men det fanns fruktträd och bärbuskar. Visserligen var det inte arrendetomt men priset var inte allt för skräckinjagande. Det berodde nog till stor del på att det varken fanns vatten eller el indraget.

Ett litet kök med vedspis och bakugn. Grova golvplankor med trasmattor på. Gamla fönster med spröjs och två små rum som gott kunde räcka till.

"Gud vad mysigt. Tänk dig Kurt, hur vi sitter vid köksbordet och dricker kokkaffe direkt från vedspisen. Ska vi åka och kolla?"

"Men hur skulle det gå för dig när det inte finns någon el? Då kan du ju inte använda hårfönen och inte kan du duscha heller. Så ska du gå på utedass också."

"Vadå för mig? Du ska väl också duscha och gå på toa? Varför skulle det vara svårare för mig än för dig? Förresten så blir det väl värst för dig som inte kan titta på tv."

De tjafsade en stund, men det var på en vänskaplig nivå. Till slut bestämde de sig för att åka och titta, dagen därpå.

På natten drömde Kurt om stugan och när han vaknade på morgonen var han full av idéer om hur man skulle kunna göra för att fixa till så att det skulle bli lite mer bekvämt.

De skyndade sig med frukosten för de var båda ivriga att komma i väg. Visserligen var det inte visningsdag, men det låg så avskilt och av bilderna att döma så bodde nog ingen där just nu.

De packade ner en matsäckskorg, tog på sig gummistövlar och gav sig av.

Kurt hade åkt en del i de här trakterna tidigare, så det var inte särskilt svårt att hitta dit. Den sista biten var så igenväxt att de fick ställa bilen och gå till fots.

"Här behövs det nog åt några lass grus till vägen, men det går att ordna. Jag känner en åkare som brukar komma till tippen, han kan nog fixa så att jag får ett bra pris."

"Ta nu inte ut något i förskott Kurt. Det kanske blir budgivning och då blir du bara besviken om vi inte får det."

Det fanns inga andra vid stugan precis som de trott. Tomten såg ut att vara i sämre skick än det sätt ut på bilderna. Men gräs och sly är inte så svårt att få bort och man kunde ana hur det skulle kunna se ut om man fick fixa till lite. Stugan verkade annars vara i ganska bra skick utvändigt. Färgen var lite flagnad och fönstren skulle behöva kittas om och målas, men annars verkade det vara friskt virke. De kikade in genom fönstren och där var det precis som på bilderna.

Nere vid vattnet fanns en halvrutten brygga. En liten sandplätt sträckte sig ut i vattnet. Perfekt för ett morgondopp.

Kurt såg ut över sjön. Det var en makalös utsikt. Det här ville han ha.

"Vad säger du Ulrika, ska det bli vårt?

"Ja, jag älskar det. Hoppas bara att det inte blir dyrare än vad som stod i annonsen."

Så fort de kommit hem, tog Kurt fram miniräknaren.

"Femhundra femtiotusen är utgångspriset. Vi kan vara med till sjuhundra, men blir det mer så får vi nog ge oss.

"Tror du verkligen att vi klarar av sjuhundra? Så himla bra tjänar vi inte."

"Nej, men nu har vi ju bara en lägenhet att betala hyra för och så stora utsvävningar har vi inte annars. Det klarar vi."

De anmälde sig till visningen som skulle ske senare i veckan.

På torsdagskvällen bar det av igen. Det stod några bilar längs skogsvägen och Kurt parkerade ett stycke därifrån. De gick i rask takt och kom snart i fatt en barnfamilj. Mamman såg inte så glad ut där hon i högklackade skor kämpade med en stor barnvagn och försökte ta sig fram mellan grästuvor och gropar på den dåliga vägen. Pappan i långrock och hatt, var fullt upptagen med att prata jobb i sin mobil.

"Dom där" viskade Kurt till Ulrika. "Dom lär inte bli några farliga konkurrenter."

Ulrika nickade.

Mäklaren satt på verandan och bläddrade på sin surfplatta. Han hade kostym och passade inte riktigt in i miljön. Han hälsade artigt och skrev upp namnet på de som kommit för att titta.

Kurt och Ulrika hade redan sett det de ville se utomhus och var ivriga att komma in i stugan.

Det luktade lite instängt men det såg väldigt trevligt ut. Det gick fort att inspektera köket och de små rummen.

Allt de sett, stärkte deras önskan att det skulle bli deras.

Det kom några fler för att titta, men inte så många som de befarat. Man kunde höra på kommentarerna att det fanns en del att önska när det gällde bekvämligheter som el och vatten. Det fina läget precis vid sjön kanske inte uppvägde det som var negativt.

Kurt kände sig hoppfull. Nu skulle de vänta några dagar och se om det kom igång någon budgivning.

Efter helgen hade de väntat länge nog. Det kom inga bud så Kurt ringde upp mäklaren för att höra sig för. Tydligen hade ingen visat något större intresse. Det hade kommit några skambud som ägaren genast avfärdat. Kurt förklarade att han var mycket intresserad men att han tyckte priset var lite väl högt med tanke på skicket. Mäklaren kunde till viss mån hålla med, men menade på att med lite renovering och det fantastiska läget så skulle stället vara värt det dubbla om några år.

"Fem hundratusen skulle jag kunna ge. Tar ni det så slår jag till direkt."

Det var ganska mycket mer än skambuden som kommit in, så mäklaren avvisade det inte direkt."

"Jag ska kolla med ägaren så får vi se. Han vill nog att annonsen ska ligga ute ett tag till. Jag ringer när jag vet mer."

Kurt kände sig hoppfull. Att det inte varit så många intresserade hade han nästan räknat med, men han var förvånad att ingen seriös hade hört av sig.

"Ulrika! Hörde du? Oddsen verkar vara på vår sida. Det är bara vi som är intresserade hittills. Nu håller vi tummarna."

Ulrika lade ifrån sig boken och satte upp läsglasögonen i pannan.

"Ja, jag hörde. Om vi tror riktigt mycket på det så kanske det blir som vi vill. Annars får vi väl titta efter något annat."

Det gick en vecka utan att de hörde något. Så en eftermiddag när Kurt precis kommit hem från jobbet, ringde mäklaren.

"Hej igen! Jag har fått besked från ägaren nu. Han vill göra affär, men han vill ha femhundratjugo. Lägre går han inte."

Kurt som från början räknat med att priset skulle hamna närmare sjuhundra tusen, fick anstränga sig för att inte mäklaren skulle höra hur glad han var. Han bad att få diskutera med sin sambo och få ringa upp senare.

Ulrika jobbade men skulle vara hemma vid sjutiden. Kurt vankade fram och tillbaka och kunde knappt bärga sig. Han skickade ett sms och bad henne att skynda sig.

När hon kom hem, berättade Kurt vad mäklaren sagt.

"Men det är väl bara att slå till då" sa Ulrika.

"Jo, men det kanske går att få det lite billigare ändå. Det verkar ju inte finnas någon mer spekulant."

"Men hördu din snåla jävel, nu ringer du mäklaren och säger att vi tar det. Ska du börja krångla så kanske det hinner höra av sig någon annan. Då slår jag ihjäl dig."

Kurt ringde mäklaren och berättade att de bestämt sig. När han lagt på luren, stirrade han med vansinnesblick på Ulrika, sträckte upp händerna i luften och gav upp ett glädjetjut som troligen hördes ända ut på gården. Ulrika gjorde likadant. De tog tag i varandra och dansade runt på golvet som två ungar.

"Nej, nu slutar vi. Det duger inte att du får en hjärtinfarkt nu när vi blivit med sommarstuga. Det är mycket som ska göras, snickra och sådant klarar inte jag av."

Kurt tog ut en halv kompdag då Ulrika var ledig. De gjorde klart med mäklaren på banken och fick nyckeln till stugan.

På kvällen ringde Kurt till Bengt och berättad om köpet.

"Men vad kul! Vet du, Voizec har kommit tillbaka. Vi har startat eget och ska börja renovera gamla kåkar. Vi kan ju börja med din."

"Nej, det har vi inte råd med. Vi får nog ha det som det är, tills vidare. Sen får jag göra så mycket som jag kan själv."

"Ska ni dit i helgen? Får vi komma och kolla?"

"Ja, visst ni är välkomna, men ni får ta det som det är. Vi lär inte hinna snygga till så mycket tills dess. Vi har ju nyss köpt det."

Kurt förklarade vägen så gott han kunde, sedan berättade han för Ulrika att de skulle få besök.

Ulrika var inte så förtjust.

"Men Kurt, det är ju vår första helg där. Kunde du inte frågat mig först. Det blir väl fler och bättre tillfällen."

"Jo, det är klart. Förlåt! Men nu har jag ju lovat. Med lite tur, kanske dom hjälper till att röja lite i trädgården."

Ulrika muttrade lite, men ville inte börja bråka.

På fredagskvällen var det färdigpackat. Kurt hade handlat lite trädgårdsredskap på Jula och Ulrika hade plockat ner köksutrustning och mat så de skulle klara sig över helgen. Det blev inget vin den här kvällen för de ville komma iväg tidigt.

På morgonen bar det av till det egna sommarstället.

Det var soligt och varmt trots att det var en bit in i september.

När de kom fram, gick de runt länge och bara smakade på känslan av att ha något eget. Sjön låg spegelblank och långt där ute över vattnet kunde de se en havsörn som svävade majestätiskt och spanade efter fisk.

Kurt gick till vedboden och hämtade in några torra stickor och vedklabbar. Spisen skulle vara brukbar hade mäklaren lovat. Efter

att det rykt in lite då spjället var stängt, fick han fart på elden.

Ulrika satte på kokkaffe och plockade fram en påse färska frallor.

Det blev en frukost som de båda njöt av till fullo. Det var precis

som de hade fantiserat om.

Efter frukosten började de röja i trädgården. Det var mycket som

skulle göras. Massor med nerblåsta grenar låg i drivor och det lilla

grönsakslandet var igenväxt av ogräs. Men det var ett roligt arbete.

De pratade och skojade och när det blev för ansträngande, satte de

sig ner och vilade.

Det var ganska jobbigt men efter några timmar såg det riktigt

skapligt ut. Visserligen var det mycket kvar att göra, men det skulle

de ta itu med i vår.

Sent på lördagseftermiddagen ringde Kurts telefon.

"Hej! Vi är i närheten nu. Vilken väg var det vi skulle köra in på?"

Kurt förklarade och gick för att möta Bengt och Voizec.

Ulrika var inte lika bekant med de båda som Kurt var. Hon var

först lite avvaktande, men ganska snart kände hon att personkemin

stämde. Hon var mycket fascinerad av deras berättelser från den

kriminella världen och hur de beskrev det första mötet med Kurt.

"Vad ska ni göra med huset? Det verkar ju vara i bra skick."

"Det behöver bytas några vindskivor och fönstren ska göras i

ordning. Det lär väl ta hela sommarn. Sen ska bryggan bytas.

Trädgården ska göras i ordning. Ja, det är mycket men vi får ta en sak i taget."

Voizec tittade runt på tomten.

"Vi kan hjälpa er. Vi har inte så mycket nu i höst. Det blir ett bra övningsobjekt tills vi får tag i något eget."

Kurt såg lite bekymrad ut.

"Jo, det vore väl bra men vi har inte råd. Vi får nog försöka göra så mycket som möjligt själva."

"Men vi tänkte inte ta betalt. Har du glömt att du räddade livet på mig i Azerbajdzjan? Dessutom har vi en skuld att betala då vi drog in dig i allt elände efter det som hände i Östersund."

"Äsch! Det där är glömt. Det är inget som ni behöver återgälda på något sätt."

Ulrika lyssnade intresserat.

"Vad var det som hände i Azerbajdzjan? Det har du inte berättat."

Kurt suckade. Han hade hoppats på att slippa berätta. Dels för att han var trött på allt som hänt, sedan ville han inte att det skulle bli allmänt känt. Nu var han tvungen att berätta för Ulrika, men hon fick lova att inte skriva om det på Facebook.

Motvilligt gick Kurt med på att låta Bengt och Voizec ta sig an arbetet på torpet. De lovade att till våren så skulle stället vara i toppskick.

Kapitel 15

Pavel hade förberett sig väl. Han hade noga tänkt ut en plan. Några nya kontakter i Sverige hade lovat att hjälpa honom. Inte med det han skulle göra utan med upplysningar, utrustning och annat han kunde ha nytta av. De som hjälpt till vid det förra uppdraget var inte längre intresserade.

Allt sådant kostade pengar så Pavel fick gräva djupt i sina fickor för att kunna finansiera det hela. Visserligen hade han haft några mindre bra år, men han hade tillgång till medel som hans kumpaner förfogat över. Någon gång skulle de naturligtvis kräva tillbaka pengarna, men det var många år kvar och tills dess skulle han säkert ha hunnit samla på sig tillräckligt. Den vanligtvis så lukrativa narkotikasmugglingen fick vänta. Nu var det bara en sak som hela tiden malde i hans huvud. Hämnd.

Det var ett riskfyllt projekt. Han var internationellt efterlyst efter kidnappningsdramat och hans trasiga hand utgjorde ett problem som han på något vis måste ordna.

Han köpte ett par tunna skinnhandskar. Det såg inte riktigt bra ut när han provade. Handsken passade bra, men där det fattades fingrar och fingertoppar behövde det göras något. Det löste han genom att stoppa i bomull och fylla i de tomma delarna.

Han klippte sig och färgade håret blont. Rakade av sig skägg och

mustasch. Köpte nya kläder och solglasögon av ett finare märke.
Nu såg han ut som vilken välbärgad turist som helst.
Falska identitetshandlingar var inget problem att ordna. När han
såg sig i spegeln kände han nästan inte igen sig själv.

Den sjätte maj 2014 klev han av tåget på Stockholms central och
andades in den friska svenska vårluften.

***

Kurt och Ulrika hade inte varit i stugan sedan i höstas. De visste
att Bengt och Voizec varit där, men de hade inte velat att Kurt och
Ulrica skulle komma dit innan de var klara. Det var med spänd
förväntan de nu närmade sig den lilla vägen som ledde fram till
stugan.
Bengt och Voizec hade meddelat att de var klara.
Det första de såg var att vägen var iordninggjord. Den var grusad
och slät och mittsträngen med gräs var klippt. Vid sidorna hade
buskar och stenar rensats bort. Nu var det kunglig uppfart fram till
stugan.
På långt håll såg de att mycket var annorlunda. Trädgården var i
toppskick med klippt gräsmatta och välansade rabatter. Stugan
lyste röd av nymålad slamfärg och de vita knutarna riktigt blänkte.

Ute i syrenbersån stod en ny trädgårdsgrupp i gammal stil. På bordet låg en rutig duk och på den stod en vas fylld med Gullvivor.

Ulrika kippade efter andan.

"Men gud! Vad har dom gjort? Titta så fint."

Kurt var mållös. Nog hade han trott att de skulle ha gjort någonting. Kanske målat eller fixat vindskivorna, men det här hade han inte väntat sig. Det var som att komma till ett helt nytt ställe. När de stått och tittat ett slag, öppnades dörren och Bengt och Voizec kom ut.

"Välkomna till ert nya ställe. Vad tycker ni?"

"Det här är ju bara för mycket. Hur ska jag kunna återgälda det?"

"Äsch! Vi kan väl säga att vi är kvitt nu. Det var ett bra övningsobjekt. Men en sak skulle vi vara tacksamma för. Det är om ni bjöd på fest någon gång. Till midsommar eller kanske en kräftskiva i augusti. Vi har börjat gilla det här stället."

Kurt skrockade förnöjsamt.

"Självklart, ni är alltid välkomna hit. Eller vad säger du Ulrika?"

Hon hade ännu inte hunnit smälta alla intryck.

"Vad sa du? Jo, självklart. Jag älskar er. Kom när ni vill, fast inte för tidigt på morgonen bara."

"Kom in så får ni se vad vi gjort där inne."

De gick in i stugan. Först kunde de inte se något annat än att det var rent och snyggt. Sedan såg de lampan i taket och den lilla diskhon med tappkran.

"Men vad har ni nu hittat på. Det är ju kanon, men vi har ju ingen ström?"

Bengt tryckte på strömbrytaren och tände lampan. Sedan vred han på tappkranen och vattnet började strila.

"Men vad fan! Hur har ni lyckats med det?"

"Det var inte så svårt. Det är klenspänning. Ute i förrådet står det några tolv volts batterier. Sen sitter det en solfångare på taket mot söder som laddar dom. Är det bara soligt så har ni både lyse och vatten hela dygnet. Men gå på toaletten får ni göra ute. Det har vi inte kunnat ordna."

"Men hur har ni gjort med vattnet?"

"Det var lätt. Det sitter en pump i brunnen, sen har vi grävt ner en slang och dragit in i huset. Fast ni får se till att koppla loss slangen till vintern, annars fryser det."

Kurt och Ulrika var mållösa. Det här var mycket mer än vad de hade förväntat sig. Ulrika gav Bengt och Voizec varsin stor kram och Kurt tog i hand och tackade hjärtligt.

"Hör ni! Det blir både fest till midsommar och kräftskiva i höst. Det är ett som är säkert."

Varje helg och ibland någon kväll mitt i veckan, åkte Kurt och Ulrika till stugan. Det gick fort att göra sig hemmastadd och snart kändes det helt naturligt att vara där. Detta var deras andra hem och de trivdes verkligen.

Kurt hade hämtat tryckimpregnerat virke och var i full färd med att byta ut den ruttna bryggan. Till semestern hade han tänkt att den skulle vara klar. Då skulle det också om allt gick som planerat, ligga en liten eka förtöjd vid bryggan. Han såg fram mot den första fisketuren.

Ulrika påtade i trädgården. Hon satte potatis och sådde grönsaker. I en planteringslåda hade hon satt ner några jordgubbsplantor. Om nu vädret blev gynnsamt, skulle de få färska grönsaker och kanske jordgubbar till midsommar.

Det hände ibland att de sov över trots att de skulle jobba dagen efter. Det var en härlig känsla att ligga i mörkret och bara höra vinden och fåglarna utanför. Inga bilar som störde eller ungdomar som skrek och förde oväsen. Ibland kunde någon uggla hoa eller en råbock skrika. Första gången Ulrika hörde en råbock blev hon alldeles skräckslagen. Det lät precis som en människa som skrek i förtvivlan. Kurt hade hört det förut och visste vad det var. Han kunde inte låta bli att utnyttja situationen och spelade vettskrämd han också. Det fick han bittert ångra. Ibland hade Ulrika lite svårt att förstå sig på hans humor och kunde då gå till handgripligheter när hon blev riktigt arg. Den här gången nöp hon Kurt i ena testikeln så att han skrek av smärta.

"Här har du, din jävla pajas. Det där gör du inte om.

Det började närma sig midsommar. Kurt och Ulrika hade haft tur i semesterplaneringen på jobbet. De skulle få tre veckor samtidigt. Från midsommar och framåt.

Kurt hade köpt ett gasoldrivet kylskåp. Det skulle komma väl till pass och göra så att de inte behövde åka och handla så ofta.

Bryggan var nästan klar och veckan innan midsommar hyrde Kurt en båtkärra och hämtade roddbåten han köpt av en arbetskamrat. Det kändes nästan lite högtidligt när han surrade båten vid den nya bryggan. Han var ivrig och kunde inte vänta längre, så efter kvällsmaten frågade han Ulrika om de skulle ta en tur.

Vädret var perfekt. Det var helt vindstilla och vattnet låg spegelblankt. Ulrika hällde nykokt kaffe i en termos och packade ner wienerbröd i en korg. Kurt tittade i draglådan och tog upp några skeddrag och en färggrann wobbler, ryckte försiktigt i linan på kastspöet för att se om den var i gott skick. Nu skulle det bli både gös och abborre.

Ulrika tog sin korg, klev försiktigt ombord och satte sig längs fram. Kurt lossade förtöjningen och puttade ut båten. Med några kraftiga årtag var de förbi vassruggen och ute på öppet vatten.

"Men ska du inte vända dig så vi ser varandra? Det är inte så kul att sitta och titta på din rygg hela tiden."

"Då får jag ju backa båten. Det går tungt. Annars får du sätta dig bak i stället."

Ulrika förstod inte vad han menade. Vadå backa? Men skit samma. Nu satt hon där hon satt.

"Vi stannar till här så provar jag några kast."

Kurt tog upp sitt fiskespö och kastade ut åt sidan. Det var spännande. Han vevade sakta och gjorde några korta uppehåll. Det ryckte till i linan men när han vevat in, såg han att det var sjögräs som fastnat på draget.

"Tror du att det finns någon fisk här?"

"Ja, det är klart det gör. Men man vet aldrig om dom är på hugget."

Plötsligt började det rycka ordentligt i spöet.

"Nu ser du, nu är det något."

Kurt släppte lite på slirbromsen. Han ville inte förlora den första fisken.

Efter en stund började det röra sig på vattenytan och man kunde se att det var en stor abborre som fastnat på kroken. Kurt tog håven och lyfte upp fisken i båten.

"Oj! Vad är det för sort?"

"Det är en abborre. Stor är den också. Säkert över kilot. Den här ska vi grilla när vi kommer tillbaka."

Efter en stunds fiskande utan att det blev något mer, plockade Ulrika fram kaffet. Det luktade underbart och wienerbröden riktigt smälte i munnen.

"Så här skulle man ha det."

Det var ett uttryck som hon ofta använde när hon var riktigt nöjd med tillvaron.

Solen var på väg ner och de började ro hemåt. Kurt kände sig lycklig. Det var inte så ofta han hade haft den känslan. Inte för att han normalt var olycklig eller missnöjd. Långt därifrån. Men att känna en lyckokänsla så påtagligt var ovant. Han blev varm i hela kroppen och fick ett fånigt leende i ansiktet.

"Vad tänker du på?"

"Inget särskilt. Jag känner mig bara så jävla glad. Tänk att jag sitter här i min egen båt, utanför vår sommarstuga och med den som jag tycker bäst om i hela världen. Snart är det semester också. Kan det bli bättre?"

Ulrika fick nästan tårar i ögonen. Så här brukade inte Kurt prata och det han sa kändes så äkta.

När de förtöjt båten, tände Kurt grillen och rensade fisken. Ulrika satte en kastrull med vatten på spritköket och skalade några potatisar.

"Vad ska vi ha för sås till?"

Kurt funderade en stund.

"Det behövs nog ingen sås. Lite smält smör bara. Tar du fram varsin öl också?"

Fisken började få färg och Kurt kände med en gaffel. Den var klar.

De avnjöt sin sena måltid nere vid bryggan med tallrikarna i knät och fötterna i vattnet. Solen började försvinna bakom horisonten och trots att det var sent, var det fortfarande varmt i luften.

Ulrika rapade lite försynt efter att hon druckit upp sin öl.

"Ska vi bada innan vi går och lägger oss?"

"Jag vet inte. Är det inte kallt?"

Ulrika plaskade med fötterna i vattnet.

"Jo lite, men det blir skönt när man väl kommer i."

Hon tog de tomma tallrikarna och flaskorna och sprang upp till huset. När hon kom tillbaka hade hon duschtvål och handdukar med sig.

Raskt tog hon av sig sina kläder och tog ett skutt ut i vattnet. Hon frustade en stund men snart simmade hon lugnt och stilla. Hon vände sig på rygg, viftade med händerna och flöt fram.

"Hoppa i nu din badkruka. Det är jätteskönt."

Kurt klädde av sig och kände på vattnet en extra gång. Han tvekade, men bet ihop och hoppade i med ett kraftigt plums. Första känslan var obehag. Han skrek till och plaskade med armarna. Hur kunde han vara så dum att han utsatte sig för detta? Efter en stund kändes det bättre. Han simmade fram till Ulrika och de simmade tillsammans en bit ut. När de kom i land och klev upp, började Ulrika skratta.

"Men herre min skapare så liten den är. Den syns ju knappt."

Kurt tittade ner. Det var inte mycket som tittade fram från den knottriga pungen.

"Det blir så när man badar i iskallt vatten. Det är inget att skratta åt."

De tvålade in sig från topp till tå, doppade sig och torkade sig torra. Det var nästan så de huttrade lite när de gick tillbaka till stugan.

"Nu skulle det vara gott med något varmt att dricka. Ska vi ta varsin kopp te?"

"Nej, men ta du. Jag tar hellre lite kaffe."

De kokade kaffe och tevatten. Ulrika hittade en burk med skorpor. Ute hade det börjat skymma. Det var helt tyst och stilla och nästan myggfritt. Ulrika tog ut fikat på farstutrappan. Kurt tog en sked honung på sin skorpa.

I takt med att det mörknade, började det dyka upp djur lite var stans. En räv sneddade över tomten. Några koltrastar var i full färd med att dra upp daggmaskar från gräsmattan och på håll hoade en uggla.

Ute på den öppna ängen kunde de se några rådjur som betade. Det började bildas dimma längs marken som bäddade in landskapet i ett mjukt täcke. Det var nästan som att vara med i en naturfilm. De satt kvar i flera timmar.

Den natten sov de djupare och skönare än de gjort på länge.

***

Pavel hade fått husrum hos en landsman i Årby. Det var en avlägsen släkting som han inte träffat på många år. Han ville inte bli inblandad i något brottsligt. Men då Pavel visat sina sönderskjutna händer och berättat om den hänsynslöse svensken, förstod han att Pavel ville hämnas. Att han också fick bra betalt, hade gjort saken lite lättare.

Trots att Pavel hade planerat väl, var det mycket som fattades. Att svensken köpt sommarstuga hade han fått veta genom sina nätkontakter, men visste inte exakt var den låg. Hur som helst skulle det underlätta om nu stugan låg så avlägset som han hade fått beskrivet.

Det första han skulle göra var att lokalisera stugan och se sig om i närområdet. Därefter behövde han skaffa ett gevär. Det skulle kanske bli besvärligt men inte omöjligt på något sätt. Dyrt förvisso, men det hade han räknat med.

Efter att ha vilat ut och umgåtts med sin släkting några dagar, började han undersöka omgivningen där stugan skulle vara belägen. På OK vid Västergatan hade han hyrt en bil genom sin falska identitet. På en karta hade han ringat in området och på en satellitbild hade han fått en ganska bra uppfattning om var stugan låg. För säkerhets skull tog han med en korg för att ge sken av att plocka bär, ifall han skulle möta någon.

Det dröjde inte länge innan han hade en ganska bra bild av läget. Precis som han anat, fanns inga andra hus i närheten.

Mobiltäckningen var förvånansvärt bra, vilket kunde utgöra ett problem. Men om allt gick enligt planerna så skulle ingen få möjlighet att hinna ringa efter hjälp.

Cirka tvåhundra meter från stugan med fri sikt mot trädgården och den plats där trädgårdsmöblerna stod, hittade han sin plats.

Den var väl skymd av buskar och stenar och ett omkullblåst träd utgjorde ett utmärkt stöd för geväret. Två skott var allt som skulle behövas. Kanske tre. Om han först sköt gubben, skulle nog kärringen bli hysterisk och springa omkring. Ja, tre skott kanske det skulle bli. Sedan dumpa bössan i sjön och åka därifrån så fort han förvissat sig om att de var döda.

Via sina nätkontakter hade han fått reda på att de förmodligen skulle befinna sig i stugan från midsommar och tre veckor framåt, så det fanns gott om tid att fixa allt som skulle göras.

Geväret skulle nog bli det svåraste att få tag på. Det fick inte gå att spåra och det måste vara träffsäkert. Dessutom ville han ha ammunition som gjorde största möjliga skada. Om han råkade träffa fel och kulan gick rakt igenom någon mjukdel, kunde det bli farligt. Det gällde att den här psykopaten blev ordentligt tilltygad av första skottet. Om han bara blev lindrigt skadad, kunde vad som helst hända. Det hade Pavel fått erfara förut, det hade han i färskt minne.

Han hade fått några tips och till slut var han ägare till ett mausergevär och en ask patroner. Geväret var mycket gammalt och slitet, men av erfarenhet visste han att Mauser var ett av de bästa gevären för prickskytte på långt avstånd. Han valde ut några patroner som han mödosamt filade ner spetsen på och sågade ett kryss i den platta ytan. Precisionen skulle bli lite sämre men på tvåhundra meter skulle det inte göra så mycket. Däremot skulle den riva upp ett ordentligt utgångshål, så det skulle egentligen inte spela någon roll var det träffade på kroppen. Den som blev träffad skulle vara oskadliggjord.

Nu hade han allt han behövde, så det var bara att vänta.

***

Kurt och Ulrika hade nästan allt klart inför midsommarfirandet. Öl och snaps låg på kylning i en hink de hissat ner i brunnen. Färskpotatisen var sköljd och i grönsakslandet hade dillen och rädisorna vuxit så pass att det gick att skörda. Jordgubbarna hade inte kommit så långt så det fick de köpa med sig. Gasolkylskåpet var proppat med allt det man ville ha på bordet en midsommarafton.

Det hade utlovats vackert väder och inget tydde på att det inte skulle bli det.

Bengt och Voizec hade frågat om de fick ta med ett par damer. Visserligen hade ingen av dem fast sällskap, men de var ju inga munkar så de hade en liten skara de brukade träffa ibland. Just de här två kände inte varandra innan men båda bodde i Södertälje. Den ena var en kvinna i fyrtiofemårsåldern. Hon hette Sofia. Voizec hade träffat henne på Finlandsbåten för ganska länge sedan och de brukad träffas lite sporadiskt när andan föll på. Sofia jobbade som lärare och var politiskt engagerad i Vänsterpartiet. Det blev lite jobbigt när hon försökte övertyga Voizec om partiets förträfflighet. Men de var ganska samspelta i sängen och det tyckte de båda var skäl nog att fortsätta träffas, trots att det förmodligen aldrig skulle bli något mer.

Den andra tjejen var ursprungligen från Tyskland och hette Inez. Hon hade kommit med sina föräldrar till Sverige när hon var mycket liten. Nu var hon tjugofem år och färdigutbildad veterinär. Hon hade lärt känna Voizec då han var en flitig besökare på kliniken där hon jobbade. Ofta hade han kommit med trafikskadade djur och vanvårdade katter som han plockat upp någonstans. Hon var djupt imponerad av hans engagemang och de brukade träffas ibland och ta en fika. Voizec hade presenterat henne för Bengt som tyckt att hon verkat trevlig. De hade träffats några gånger på tu man hand, men det hade aldrig blivit något av det. Det berodde nog mest på att Bengt var lite blyg just med henne. Normalt sett var han lättpratad och social, men i hennes sällskap var det något som knöt sig. Han kände sig som en skolpojke och visste inte riktigt hur han skulle bete sig. Men nu skulle han fira midsommar med henne och med lite alkohol i kroppen kanske det skulle kunna bli riktigt kul. Han var inte säker på om hon drack, men det borde egentligen inte spela någon roll.

Precis som utlovat, var det ett underbart väder på midsommaraftonen. Solen lyste från en molnfri himmel och det var vindstilla. Kurt och Ulrika hade förberett det mesta och nu var det bara gästerna som fattades.

Vid tvåtiden rullad bilen in på gårdsplanen. Det var första gången Kurt sett Bengt och Voizec så uppklädda. Han kände nästan inte igen dem.

Flickorna hade vita sommarklänningar. Sofia hade former som väl fyllde ut den vida klänningen. Med sitt blonda hår och stora byst, påminde hon om Dolly Parton. Kurt kunde nästan inte slita blicken ifrån henne så Ulrika fick peta till honom i sidan så att det inte skulle bli opassande. Inez var liten och späd, med kortklippt frisyr i page.

De hälsade på varandra och Ulrika hämtade en bricka med drinkar hon blandat till av Kronvodka och Ginger ale.

De satte sig ner vid trädgårdsmöblerna och njöt av solen och drinkarna. Det var inga märkvärdiga människor de tagit med sig så stämningen var från början mycket trivsam. Voizec hade förmanat Sofia att inte prata politik och det hade hon lovat att inte göra.

Inez berättade hur hon lärt känna dem båda och hur mycket hon beundrade Voizec för hans omtanke om djuren.

Båda hade hört lite flyktigt om Kurts bravader och var nyfikna på hans historier. Kurt berättade i stort men undvek de mest uppseendeväckande händelserna. Han visste inte hur mycket Bengt och Voizec hade berättat, men det han sagt kunde gott räcka.

Ulrika nöjde sig inte riktigt med det han hade att säga, utan bredde på med yviga gester om allt som Kurt råkat ut för.

De båda tjejerna lyssnade förundrat och efter Ulrikas redogörelse hade de en helt annan bild av Kurt än de hade haft innan.

Det blev både två och tre drinkar innan det började kurra av hunger i magen.
Bengt och Voizec lastade ur tält och sovsäckar ur bilen. De hade visserligen blivit erbjudna att sova inne i stugan, men om alla skulle sova i det lilla huset, skulle det nog bli lite väl intimt. Dessutom skulle det avsevärt inskränka på möjligheten att få en liten kärleksstund fram på nattkröken. På den punkten var Voizec och Sofia helt överens. Värre var det för Bengt. Han hoppades att kvällen skulle avlöpa så bra att Inez skulle vilja dela tält med honom. Men om det skulle gå, var högst osäkert.
Stämningen var på topp under middagen och blev allt hjärtligare i takt med att snapsarna slank ned.

Efter några timmar var de mätta och lite lagom berusade.
"Nu ska vi bada" skrek Sofia och rusade ner mot bryggan samtidigt som hon försökte kränga av sig klänningen. De övriga var inte sena att följa efter. Alla hade underkläderna på sig utom Sofia. Hon var inte blyg utan visade sig i all sin yppighet helt ogenerat. Kurt kunde inte slita blicken från hennes enorma byst som guppade när hon rörde sig. Ulrika lade märke till hans intresse

och gav honom onda ögat, vilket fick honom att genast titta bort.

Sofia sprang i hög fart ut på bryggan och hoppade i med ett enormt plask. Voizec och Bengt följde efter. Kurt var den som kom sist. Hans kropp var inte byggd för språngmarscher. Det hade han insett när han vid några tillfällen försökt jaga i kapp Ulrika, när hon varit på bushumör. Hon var smärt och smidig och hade inte haft några problem med att hålla honom på avstånd.

De plaskade runt, tjoade och skrek. Vattnet var inte särskilt varmt, men det var det ingen som brydde sig om. Bengt och Inez tog en lång simtur medan de övriga gick upp och torkade sig.

Kurt gick till stugan och hissade upp några kalla öl ur brunnen. De bredde ut ett par filtar på den lilla sandfläcken bredvid bryggan, satte sig ner med ölflaskorna och tittade ut över vattnet. Långt där ute simmade Bengt och Inez. Det var bara två små prickar som syntes vid horisonten. Voizec satte händerna vid munnen och ropade.

"Kom tillbaka! Nu är ni för långt ute".

Sofia hade knutit badhandduken runt midjan men brydde sig inte om att skyla bysten. Kurt visste inte riktigt var han skulle titta. Han kastade en ängslig blick på Ulrika, som roat noterat hans dilemma. Bengt och Inez var snart tillbaka. Bengt andades tungt efter den ansträngande simturen, medan Inez tycktes helt oberörd. De satte sig ner med de övriga och njöt av ölen.

De blev kvar länge på filtarna. Det fanns mycket att prata om och alla hade något att berätta.

Det blev några vändor till brunnen och högen med tomflaskor växte. På något ostadiga ben, begav sig sällskapet upp mot stugan. Kurt kände att han nog skulle behöva ta det lugnt med drickandet en stund. Det började snurra betänkligt och han märkte hur han snubblade på orden när han skulle säga något. Ulrika däremot, verkade inte ha för avsikt att ta det lugnt. Så fort de kommit till stugan, blandade hon till nya drinkar som hon delade ut.

Kurt ville inte verka tråkig så han höll takten med de övriga.

Kvällen gick fort och snart var solen på nedgång. Det som blivit över från middagen, dukades fram på nytt och festen fortsatte.

Tjejerna tjöt av skratt när Bengt berättade fräckisar.

Kurt koncentrerade sig för att kunna hänga med, men kände att gränsen nu var nådd. Han stapplade runt hörnet på vedboden, satte sig på en sten och kräktes i en buske. Efteråt kändes det lite bättre, men han ville vila en stund så han lade sig ner i gräset.

"Kurt hur är det med dig?"

Ulrika klappade honom försiktigt på kinden.

"Jo tack, det är bra. Jag vilar bara lite."

"Lite! Du har legat här en bra stund. Klockan är mycket och nu är det dags att sova. Voizec och Sofia har redan lagt sig."

Ulrika tog ett kraftigt tag under hans armar och hjälpte honom upp. Något ostadigt stapplade de fram mot stugan.

När de passerade Voizecs tält, hördes små stönanden och tältduken rörde sig rytmiskt.

"Dom där du! Dom ligger i. Undrar hur det går för Bengt och Inez? Dom sitter fortfarande kvar och pratar."

Kurt brydde sig inte. Det enda han ville, var att få krypa ner i sängen och blunda. Allting snurrade och han mådde illa.

Bengt hade inte berättat allt för Inez. Han hade inte velat framstå i allt för dålig dager innan de lärt känna varandra. Men nu lättade han sitt hjärta. Han berättade om allt dåligt han gjort i sitt liv. De nära och kära han svikit och de oskyldiga som drabbats av hans brottslighet. Det fick bära eller brista, men nu skulle det fram. Det kändes skönt att få bekänna. Inez lyssnade under tystnad. Då och då avbröt hon honom med en fråga.

"Jag visste lite om dig innan vi träffades. Voizec har ju berättat en del. Jag var lite orolig att du skulle skryta eller på något vis verka stolt över hur du levt, men nu är alla tvivel bortblåsta. Jag tycker att du verkar vara en bra människa, precis som Voizec är."

Hon lade sin hand på hans. Bengt kände hur han blev varm i hela kroppen. Han såg på henne och kunde nästan inte tro att det var sant. Att han satt ensam med den här kvinnan och han höll hennes hand.

"Nej, nu går vi och sover. Men en sak ska du veta. Vi ska bara sova. I alla fall inte så länge du har den där vidriga tatueringen på halsen."

Alla sov länge på morgonen. Det var röda ögon och skrovliga röster vid frukostbordet. Men de var rörande överens om att det varit en lyckad midsommarafton.

Man hjälptes åt att plocka undan. Fram på eftermiddagen rullade gästerna hemåt.

Kurt och Ulrika fikade nere vid bryggan.

"Du, dom var allt ena riktiga kaniner, Voizec och Sofia. Tror du inte att dom fortfarande höll på klockan fem när jag gick ut på dass. Tänk om du vore lika viril?"

Hon nöp honom i kinden och ruskade så det smattrade i läpparna.

"Fast jag är nöjd med dig som du är."

Kapitel 16

Halva semestern hade gått. Kurt och Ulrika hade mer och mer
förälskat sig i sitt sommarställe. Ulrika grävde och påtade i sitt
trädgårdsland och Kurt varvade dagarna med att försöka mura en
grill och lata sig i hängmattan. Om kvällarna brukade han ge sig ut
på en fisketur. I början följde Ulrika med, men hon ledsnade snart
och tyckte att den egna tiden hon fick när han var ute, var
värdefull.

Då och då for de in till stan och provianterade, tittade till
lägenheten och duschade i varmt vatten.

Det var efter en sådan resa som idyllen skulle förvandlas till en
mardröm.

De kom till stugan sent på eftermiddagen efter att ha handlat,
duschat och avnjutit en dagens rätt på Tuna Park. Den här dagen
var vädret inte lika strålande som det varit innan. Det var fuktigt
och kvalmigt och regnet låg i luften.

Först hade de tänkt att bara ligga och slappa resten av dagen, men
ångrat sig och börjat rensa ogräs i stället.

På håll kunde de höra hur skatorna väsnades, som de brukade göra
när de blev störda av en katt eller något annat rovdjur.

"Det var värst vilket oväsen dom för. Nu är det något där som dom inte gillar."

"Ja, förmodligen katten vi såg förut. Den har strukit omkring här i flera dagar nu. Undrar vems den är? Det kanske är en vildkatt?"

De blev svettiga av allt rensande och satte sig ner i skuggan en stund.

Långt borta där skatorna kraxade, blänkte det till. Kurt lutade sig fram för att nå sina solglasögon, när ryggstödet på trädgårdsstolen fullkomligt exploderade. Han kände hur det brände till i sidan och i samma ögonblick hörde de skottet. Kurt ramlade ner på marken. Han tog sig i sidan och kände hur träflisor stack ut ur huden och såg hur handen blev röd av blod. Ulrika fattade först inte vad som hänt. När hon fick se hur Kurt blödde, skrek hon rakt ut och kastade sig ner till honom. Kurt andades häftigt. Det gjorde inte så ont men han visste inte hur illa det tagit.

"Fan! Jag har inte mobilen på mig. Har du?"

Ulrika kände i sina fickor.

"Nej, den ligger där inne. Vad är det som händer Kurt?"

"Det är någon som är ute efter mig. Skynda dig och ring 112. Spring allt vad du kan."

Ulrika reste sig och rusade det snabbaste hon kunde mot huset. Kurt tittade efter henne. Först trodde han att hon snavade, men när han hörde skottet förstod han att hon också var träffad.

Han blev alldeles iskall. Hon rörde på sig, men sjönk sedan ihop och blev helt stilla. Från platsen där han sett solkatten, kunde han se en man som börjat gå mot dem.

Pavel hade väntat länge. Tidigt på morgonen hade han kört till den plats han förberett för bilen så att den skulle stå undanskymd. Sedan hade han sakta smugit fram till nästet han valt ut för att få så bra skottvinkel som möjligt. Det var kvalmigt och han kände hur skjortan klibbade fast mot huden. I flera timmar låg han och väntade på att det skulle bli någon rörelse framme vid stugan. Han var genomsvettig och stel i kroppen. Skatorna förde ett jäkla oväsen och gjorde honom irriterad.

Så äntligen fick han se dem. Om de nu bara kunde vara stilla en stund så att han kunde sikta ordentligt.

Träffade han inte med första skottet skulle kanske hela företaget gå åt skogen.

Pavel tittade intensivt i kikarsiktet medan svetten rann ner i ögonen på honom. Inte en sekund var de stilla.

Till slut satte de sig i alla fall ner. Pavel torkade sig i ansiktet och siktade på nytt. Nu var han säker på att träffa så han kramade avtryckaren långsamt men bestämt. I samma ögonblick som skottet gick av, böjde sig karlfan fram.

Pavel spanade intensivt i kikarsiktet. Han såg hur han föll ihop.

Tydligen hade han träffat trots allt. Precis som han räknat med, rusade kvinnan upp och började springa. Hon var förvånansvärt snabb men Pavel siktade noga. Han var van att skjuta vildsvin på flykt och det här var ungefär detsamma. Han tryckte av och hon föll ihop. Inte för att han var säker på hur han hade träffat, men med tanke på hur han mixtrat med kulorna, skulle hon nog vara oskadliggjord hur det än träffat.

Han väntade några minuter och då han såg att de inte rörde sig, började han gå fram. Han måste veta säkert att de var döda.

Kurt hade för en kort stund förlorat medvetandet. När han vaknade, förstod han att han svävade i livsfara. Ulrika låg på marken och han visste inte om hon levde. Han drog upp sin tröja och tittade på såret. Några träflisor stack ut från stolen som splittrats, men själva skottet hade tydligen bara snuddat och rivit upp lite av skinnet. Kurt tog tag i flisorna och slet bort dem. Han krängde av sig sin tröja och torkade bort blodet. Det såg inte så trevligt ut, men det pulserade i alla fall inte och vad han kunde se så var det inte så djupt. Han tittade ut mot ängen och såg att mannen närmade sig.

Pavel var ganska lugn, men när han såg att det började röra sig under trädgårdsbordet, blev han orolig. Tydligen hade inte skottet tagit så bra som han hoppats på. Han förvissade sig om att han hade skott kvar i bössan och började gå mot Kurt.

Kurt reste sig mödosamt. Han var stel och det började göra riktigt ont. Men nu fanns det ingen återvändo. Han förstod att mannen som var på väg mot dem hade för avsikt att slutföra det han påbörjat. Nu skulle Kurts förmåga verkligen sättas på prov.

Han rusade fram till Ulrika. Han kunde höra att hon andades och när han vände på henne såg han att hon var träffad i axeln. Kulan hade gått rakt igenom och slitit upp ett kraftigt sår. Men hon levde och det var huvudsaken. Skulle hon bara komma till sjukhus snabbt, borde hon nog klara sig utan allt för svåra komplikationer. Kurt drog en lättnadens suck. Han hade räknat med det värsta.

Nu började hans skräck övergå i djupaste vrede.

Han rusade mot huggkubben som låg några meter därifrån och slet åt sig yxan. Sedan gick han mot mannen som närmade sig.

När de var cirka femtio meter från varandra, stannade Pavel och tog sikte. På det här avståndet fanns inte på kartan att han skulle kunna missa, så han var ganska självsäker när han kramade avtryckaren.

Kurt förstod vad som skulle komma. Nu var han van vid synen av ett avfyrat vapen och hur det såg ut när kulan närmade sig. Han fortsatte med bestämda steg.

Solen tittade tillfälligt fram mellan två molntappar och kulan blänkte som en ädelsten när den reflekterades av solen. Efter en hastig blick bakåt för att förvissa sig om att kulbanan inte gick mot Ulrika, klev Kurt åt sidan och lät kulan passera. Pavel trodde inte att det var sant det han såg. Han gjorde en snabb mantelrörelse och tog sikte på nytt. Nu var det bara tio meter mellan dem. Pavel höll andan, siktade mot Kurts bröstkorg och tryckte av.

Kurt ökade takten i sina steg. Smärtan i sidan kände han inte av längre. Nu hade han bara en sak i huvudet. Att så fort som möjligt avsluta det hela och se till att Ulrika kom till sjukhus.

När kulan kom svävande, svängde han yxan och slog till den som man gör när man spelar baseboll. Kulan splittrades och det blev som ett moln av finfördelat bly runt yxan. Kurt kände hur det brände i ansiktet när fragment av kulan trängde in i hans kind.

Pavel stod som förstenad. Han förstod inte vad som hade hänt och var medvetslös innan han tog mark, efter att Kurt slagit baksidan av yxan i huvudet på honom.

Kurt höjde yxan på nytt. För ett ögonblick var han förblindad av vrede. I sista stund kom han till sans och hejdade slaget som skulle ha gjort slut på gärningsmannen.

Han sänkte yxan sakta och lade ner den på marken.

Ulrika hade kvicknat till och gnydde lite. Kurt rusade fram till henne. Han lyfte hennes huvud försiktigt och strök henne över kinden.

"Det är över nu. Du är skadad i axeln, men du kommer att klara dig. Vila dig nu så ringer jag efter ambulans."

Kurt hämtade en kudde från trädgårdsmöblerna och stoppade den försiktigt under hennes huvud. Sedan sprang han in i huset för att få fatt i mobilen och ringa efter hjälp.

Det var inte helt lätt att förklara vägen, men han kom ihåg fastighetsbeteckningen och via den kunde SOS snabbt lokalisera var han befann sig.

Det blev ett stort pådrag. Ambulanser och poliser körde med blåljus och tjutande sirener genom stan. Kurt kände sig lättad. Han letade fram förbandslådan och en filt. Fyllde en skål med vatten och skyndade sig ut till Ulrika. Hon var fortfarande vid medvetande. Han baddade hennes panna och lirkade försiktigt av hennes linne för att frilägga såret. Det såg inte bra ut. Ett stort köttstycke var bortslitet från ovansidan på axeln och det avbrutna nyckelbenet stack upp ur såret. Han kände hur blodtrycket föll och han blev yr, men nu gällde det att fokusera och att inte svimma.

Sin egen skada kände han inte alls av trots att det börjat blöda ordentligt.

Han lyckades lägga ett enkelt förband runt hennes axel och rullade över henne på filten så hon slapp ligga direkt på gårdsgruset.

Han slängde en blick över axeln för att hålla koll på gärningsmannen och stelnade till när han inte såg honom.

Kurt reste sig hastigt och spanade runt. Mannen var borta. Likaså geväret. Nu kom skräcken tillbaka. Om han inte såg var mannen befann sig, skulle han förmodligen inte undgå att bli träffad igen och då inte heller kunna skydda Ulrika.

På håll hörde han hur ljudet av sirenerna komma närmare. Bara de nu skulle hinna fram i tid.

Pavel hade vaknat till och försökte få klarhet i var han befann sig och vad som hade hänt. Det värkte så infernaliskt i huvudet och när han tog sig i håret kände han ett skrovligt sår och handen blev röd av blod. Sakta kom minnet tillbaka och han såg på håll hur Kurt satt böjd över Ulrika.

Geväret låg strax intill. Han kravlade försiktigt fram och greppade det och kröp sedan så försiktigt det bara gick, runt husknuten. När han var utom synhåll försökte han resa sig. Han ramlade flera gånger men var snart på benen igen.

Efter att ha förvissat sig om att det satt en patron i loppet, smög han långsamt bakom huset och ut i buskagen som låg bredvid. Han rev sig på vassa törntaggar och brände sig på brännässlor, men det bekom honom inte. Nu gällde det bara att hitta en plats med öppet skottfält så att han kunde avsluta det hela.

En stor sten höjde sig över buskagen och på den kröp han upp. Det var en perfekt plats. Han såg mannen och kvinnan tydligt mellan några enbuskar och själv var han i stort sett omöjlig att upptäcka. Han lade sig ner, tog stöd mot stenen och siktade. Mannen hade rest sig och utgjorde nu en måltavla som vem som helst hade kunnat träffa.

I samma ögonblick som han skulle trycka av, hörde han sirenerna. Han hejdade sig och övervägde vilket val han skulle göra. Skulle han skjuta och ta en större risk att åka fast, eller skulle han springa in i skogen och försöka ta sig till bilen? Det snurrade av tankar i huvudet. Om han inte sköt, skulle han aldrig få sinnesfrid och några år i svenskt fängelse med god mat och teve på rummet kanske inte var så farligt. Han tog sikte. Blod och svett rann ner i ögonen på honom och han fick avbryta för att torka sig. Han tog ett djupt andetag och siktade på nytt.

Precis när han skulle trycka av, kom den första polisbilen inkörande och stannade framför huset.

Pavel tappade koncentrationen och tog ett nytt andetag.

Han tryckte av lite för tidigt och kulan snuddade Kurts huvud och slog in i en björk. Poliserna rusade ut ur bilen och drog sina vapen.

Strax därefter kom nästa polisbil och fler poliser rusade ut. Kurt kröp fram mot Ulrika och lade sig över henne för att skydda henne från kulor. Ett nytt skott kom från buskagen och en av poliserna blev träffad.

Nu utbröt en intensiv skottlossning som varade i flera minuter.

Sedan blev allt tyst.

"Skytten är oskadliggjord!" Ropade en polisman samtidigt som två ambulanser svängde in på gården.

Polisen som blivit träffad, hade skyddsväst så han klarade sig utan att bli allvarligt skadad.

Det blev en väldig aktivitet på gårdsplanen. Ambulanspersonal tog hand om de skadade och poliserna sökte med hundar runt tomten för att förvissa sig om att det inte fanns fler gärningsmän.

Pavel var träffad i magen och svävade mellan liv och död.

Kurt var så oerhört trött. I ambulansen somnade han och vaknade först då han låg på en brits på väg in till operation på sjukhuset.

Kurts skador var inte lika allvarliga som Ulrikas. Med fjorton stygn var han hoplappad och behövde bara ligga kvar en dag på lasarettet. Ulrika fick genomgå flera komplicerade operationer, men det var aldrig någon fara för hennes liv. Efter några dagar fick Kurt besöka henne. Hon var trött och hade ont men var vid gott mod.

"Men herregud Kurt! Ska det här aldrig ta slut?"

"Jo, jag tror att det är det nu. Dom fick honom. Han blev skjuten i magen men kommer att överleva. Nu har han mordförsök på polis att stå till svars för förutom kidnappning och mordförsök på oss. Han lär nog få sitta inlåst i många år framöver."

"Är du riktigt säker på att det inte kommer någon mer?"

Kurt tänkte efter. Först var det Zoran som nu var död. Sen Vadim som satt på livstid i Belgien. Av de fyra männen i Kroatien var en död och två satt i fängelse precis som den här sista nu hade att se fram emot.

"Nej Ulrika. Nu finns det ingen mer."

***

Naturligtvis blev det stort pådrag i massmedia igen och ryktesspridning på nätet. Alla frågetecken som legat i luften beträffande Kurts bakgrund, blev aktuella på nytt. Den ihärdige Expressenreportern gjorde allt för att få till en bra story.

Kommissarie Melin från Eskilstunapolisen, som noga följt allt som hänt Kurt var på hugget och ville höra vad som hade hänt i minsta detalj. Kurt insåg att Melin inte skulle ge sig, så han bad honom om ett möte där han skulle berätta allt.

Mötet ägde rum i Kurts lägenhet några dagar efter att han kommit hem från sjukhuset.

Kommissarie Melin hade med sig bandspelare, men Kurt bad honom att inte sätta på den. Det här var ett samtal i förtroende och då Kurt inte var misstänkt för något brott, gick Melin honom till mötes.

Den här gången tänkte Kurt handgripligen visa att det han sa var sant.

De fikade och småpratade om allt möjligt. Kurt frågade Melin hur det skulle gå för gärningsmannen.

"Tja, det vet vi inte än. Det får rättegången visa. Men bevisläget är starkt, så att han kommer att fällas är det nog ingen som tvivlar på. Frågan är bara hur långt straff han får. Minst tio år skulle jag gissa. Men man vet ju aldrig."

"När blir det rättegång?"

"Så fort han blir frisk nog. Han blev illa träffad i magen och får nog ligga på sjukhus ett bra tag, men han kommer att klara sig."

"Tror du han blir utvisad?"

"Ja, förmodligen. Efter avtjänat straff. Något annat vore mycket förvånande."

Kommissarie Melin tog en bulle och skruvade lite på sig.

"Du Kurt, när vi förhörde honom som hastigast efter att han vaknat upp efter operationen, sa han att det var du som förstört hans händer. Att du med avsikt torterat honom och att det var därför han ville hämnas. Är det sant?"

Kurt rannsakade sitt samvete. Det var lika bra att säga som det var.

"Första gången var i rent självförsvar. Det var när dom hade tagit oss i Kroatien. Hade jag inte handlat som jag gjorde, hade varken jag eller Ulrika varit i livet nu. Sen kan jag väl erkänna att andra gången hade jag kunnat avstå, men något fick mig ändå att göra det. Skjuta honom i andra handen. Jag vet inte vad som flög i mig och det fick jag bittert ångra. Hade jag handlat på annat sätt, skulle det som hände sen aldrig ha hänt. Men det är lätt att vara efterklok."

Melin lyssnade intresserat medan han tuggade på den sega bullen. Degen fastnade i gommen sa han fick köra med tungan för att få loss den.

"Berätta nu det som du lovat. Hur hänger allt ihop?"

Kurt började berätta från första början. Om trafikolyckan och det som hände sedan. När han var klar, ruskade Melin på huvudet.

"Du det mesta av det där har jag hört förut, men jag tror fortfarande inte att du säger hela sanningen. Det låter allt för osannolikt."

"Ja, jag förstår det, men nu ska jag visa dig att det är som jag säger.

Ta fram din pistol och skjut mot mig."

Melin såg mäkta förvånad ut.

"Vad menar du nu? Är du inte riktigt klok?"

"Ta fram den och skjut mot mig. Jag kan garantera att du inte kommer att träffa."

Melin ruskade på huvudet.

"Du är för fan inte riktigt frisk. Det fattar du väl att jag inte kan göra. Dessutom har jag inte pistolen med mig."

Kurt funderade. Sedan gick han ut i köket och kom strax tillbaka med en äggkartong.

"Då börjar vi lite försiktigt. Det var så här jag lärde mig att kontrollera min förmåga."

Han gav kartongen till kommissarie Melin.

"Kasta ett ägg på mig så får du se vad som händer."

Melin ruskade på huvudet och skrattade.

"Du är inte lite prillig du. Men okej då, vi testar."

Han öppnade kartongen och tog upp ett ägg. Kurt ställde sig en bit bort. Melin gjorde ett lamt tjejkast som Kurt inte hade några svårigheter att fånga, även utan att koncentrera sig.

"Nej, du ska ta i ordentligt. Kasta så hårt du kan."

Melin log och tog upp ett nytt ägg. Han hivade iväg det mot Kurt med lite större kraft. Kurt fångade det med lätthet utan att det gick sönder.

"Kasta hårdare för helvete. Hur ska jag annars kunna bevisa något för dig."

Melin tog upp ett tredje ägg och tog i så mycket han tordes utan att det skulle gå sönder i handen på honom. Kurt plockade lätt ner det. Nu hade Melin slutat le. Han hivade iväg resten av äggen i snabb takt och Kurt plockade mycket enkelt ner dem alla.

"Det där var bara början. Nu ska du få se på häftigare grejer."

Kurt gick ut i köket igen och kom tillbaka med en luftpistol och en polygrip. Han laddade pistolen och fyrade av ett skott mot en träpinne som stöttade upp hans stora yuccapalm som stod i en kruka bredvid teven. Sedan laddade han på nytt och räckte pistolen till Kommissarie Melin.

"Det är väl ingen idé att jag ber dig skjuta mot mig, men du kan skjuta bredvid så ska jag visa dig. Sikta mot tavlan som hänger ovanför byrån."

Melin såg mycket skeptisk ut men gjorde som Kurt sagt, siktade och tryckte av. Att se kulan som kom från luftpistolen var något helt annat än en kula från ett riktigt vapen. Det gick så oerhört sakta. Kurt sträckte fram polygripen och när kulan passerade, knep han tag i den med tången. Han sträckte fram den och visade att kulan satt fast mellan käftarna.

Kommissarie Melin var förbluffad. Det var helt overkligt. Aldrig förut hade han hört talas om att någon kunde vara så snabb.

Kurt gick fram och ställde sig en meter från Melin.

"Nu gör vi det lite svårare. Sikta mot magen."

"Nej, det kan jag inte göra. Om du misslyckas blir du skadad."

"Du! Den där pistolen klarar inte att skjuta igenom skinnet. Det värsta som kan hända är att jag får ett blåmärke. Jag garanterar att det är ofarligt."

Melin höjde pistolen mycket motvilligt.

"Okej då. Är du beredd?"

"Skjut bara!"

Melin siktade och tryckte av. Han var övertygad om att kulan skulle träffa i magen på Kurt och det kändes inte bra. Med en snabb rörelse fångade Kurt kulan med tången och visade upp den.

Kommissarie Melin satte sig ner. Han kunde inte riktigt tro på det han sett, men uppenbarligen var det på riktigt.

"Du menar alltså att om det varit ett riktigt vapen så hade du kunnat göra på samma sätt?"

"Det är alldeles riktigt. Det är så jag har klarat mig från alla skjutningar och överfall. Jag kan se allt i slow motion och har inga som helst problem med att kontrollera det.

Melin satt tyst en lång stund.

"Du har inte funderat på att utnyttja den här förmågan på något sätt? Du skulle ju kunna tjäna bra med pengar?"

"Nej aldrig."

Expressenreportern var om möjligt ännu mer ihärdig än kommissarie Melin varit. Han ringde och messade varje dag för att försöka få till stånd en intervju. Kurt funderade länge på hur han skulle bli kvitt honom. Han hade ingen större lust att exponeras för hela svenska folket igen. Det bästa vore om allt bara fick rinna ut i sanden och glömmas bort.

Han skulle kunna knipa igen och hoppas på att intresset svalnade med tiden. Det vore nog det bästa.

För att hjälpa till på traven, författade han ett anonymt brev som han skickade till Expressen. Där stod att det var från en nära vän till Kurt. Där beskrevs hur han led av psykiska besvär, vanföreställningar och mytomani och att det bästa var om han blev lämnad i fred. Det skulle ändå inte gå att verifiera det han kunde tänkas berätta om.

Efter detta blev det något glesare mellan kontaktförsöken och till slut upphörde de helt.

Kurt hälsade på Ulrika på sjukhuset varje dag. Läkarna hade gjort ett bra jobb och lyckats lappa ihop axeln så att det bara skulle synas ett litet ärr i framtiden.

Till en början var det väldigt roligt att hälsa på. Ulrika gick på smärtstillande och hon var märkbart påverkad av medicinen. Hon kunde kläcka ur sig de mest häpnadsväckande påståenden och fräckheter och Kurt var inte sen att hänga på. Personalen som ibland var inne i rummet, hade svårt att hålla sig för skratt när samtalen urartade. Så småningom trappades medicineringen ner och då var det inte lika roligt längre. Ulrika längtade hem och Kurt blev trött på att åka till sjukhuset varje kväll.

Så fick hon äntligen komma hem. Stel som en pinne och ont i hela kroppen, men mycket glad att komma hem från lasarettet. Hon blev sjukskriven i två månader till att börja med.

Kurt hade funderat på om han skulle hitta på något annat att försörja sig på. Visserligen trivdes han på sitt arbete, men han hade börjat se saker i ett nytt perspektiv och börjat grubbla över framtiden. Det var inte så många år kvar till pensionen och något annat kanske han kunde hinna med. Han hade ju jobbat på samma ställe sedan han var ung. Men det var inte lätt att komma på vad han ville göra. Ulrika hade många idéer men ingen som föll honom i smaken. Han funderade mycket över hur han kunde ha nytta av sin förmåga utan att det väckte uppståndelse, men hittills hade han inte kommit på något.

En natt vaknade han plötsligt och var klarvaken. Han tittade på klockan som var strax över tre. Ulrika sov som en stock och väste likt en kastrull som kokade över.

Han undrade varför han vaknat, om det var något han drömt? Men han kom inte ihåg något. Efter att ha varit på toaletten och druckit ett glas mjölk, gick han och lade sig igen, men det var omöjligt att somna om. När han låg där och vred sig, slog honom en tanke han aldrig tänkt förut. Något som skulle kunna göra både honom och Ulrika ekonomiskt oberoende och fria att göra vad de ville. Om han nu bara kunde hantera det på rätt sätt.

Kapitel 17

Det gick bra för Bengt och Voizec. De var flitiga och duktiga yrkesmän. Den första renoveringen efter att de fixat Kurt och Ulrikas stuga, blev kanske inte den succé de förväntat sig. Men de hade lärt sig mycket. Nästa hus kom de över till ett mycket förmånligt pris. Det var inte särskilt mycket de behövde göra om och tomten var i stort sett bra som den var. De lade mycket energi på detaljer och när försäljningen var genomförd, hade de ett ordentligt överskott. Det hela hade bara tagit tre månader och de var redan igång med nästa projekt.

Bengt och Inez hade blivit ett par och hon hade flyttat in hos honom i hans föräldrars sommarstuga där han nu bodde permanent. Voizec och Sofia fortsatte att träffas när de kände för det. Båda tyckte att det var ett alldeles utmärkt arrangemang, åtminstone tills vidare.

Det blev inte så mycket tid över för annat än arbete så umgänget med Kurt och Ulrika inskränkte sig till några telefonsamtal då och då.

Voizec hörde sig för hur det gick med grannarna i Azerbajdzjan och blev mycket glad när han fick positivt besked av tillsyningsmannen. Bröderna hade strulat en del i början, men när de fått ultimatum att de skulle bli av med både gård och boskap om de inte skötte sig, hade de tagit sig i kragen. Nu var djuren väl skötta och gården likaså.

Voizec fortsatte att hålla kontakten och skickade då och då ner ett litet bidrag för att hålla tillsyningsmannen på gott humör.

Inez hade planer på att starta eget och öppna en egen djurklinik. Det fanns gott om plats på tomten och Bengt lade all sin fritid på att bygga till ett uthus som skulle passa ändamålet. Voizec tyckte att det var en alldeles utmärkt idé och hängde genast på.

Det dröjde inte länge tills dess att allt var klart och de första djurägarna började strömma till.

En kväll efter en hård arbetsdag, satt Bengt och Voizec och tog varsin öl på farstukvisten. Sofia hade följt med Inez och hjälpte henne att städa kliniken. De första björklöven hade börjat slå ut och vårfåglarna kvittrade glatt i buskagen.

Bengt tog en djup klunk ur flaskan och ställde ner den.

"Ja du Voizec. Vad säger du? Hade du trott det här för några år sedan?"

Voizec log.

"Nej, det kan jag inte påstå. Då såg det inte så ljust ut. Tänk vad en enstaka händelse kan påverka hela tillvaron. Hade det inte varit för att vi träffat på Kurt i Östersund, kanske allt sett annorlunda ut nu."

"Ja, och jag hade förmodligen stått framför himlaporten och jiddrat med Sankte Pär, efter en överdos."

"Det tror jag inte. Snarare där nere i underjorden med fan själv."

"Hur tror du det hade gått för dig?"

"Förmodligen nedgrävd i en åker med halsen avskuren eller dumpad i en sjö nånstans. Vem vet?"

Tjejerna kom ut från kliniken. De fnittrade och verkade mycket uppspelta. Bengt och Voizec såg på varandra och log.

***

Kurt hade inte sagt något till Ulrika. Han hade testat och analyserat. Provat olika metoder tills han var nästan säker på att det skulle fungera. Det var bara av en slump han hade upptäckt det och sett sambandet med det som hände i hans huvud. Det var först då han vaknat den där natten som han förstod att det kunde vara användbart. Ulrika undrade varför han tillbringade så mycket tid framför datorn. Han ville inte svara ärligt. I alla fall inte innan han testat i praktiken, så han sa bara att han kollade på olika saker som intresserade honom.

"Kan du inte intressera dig lite för mig i stället? Du hänger ju

framför datorn varje kväll. Det är inte så himla kul att sitta själv
och titta på teve. Vi kan väl hitta på något?"

Kurt stängde ner sidan som han studerat intensivt.

"Det är bland annat för din skull som jag sitter och surfar. Jag har
inte velat säga något, men jag tror jag har kommit på hur vi ska
kunna försörja oss utan att jobba och inte väcka för mycket
uppmärksamhet."

Ulrika ställde ner sitt vinglas så hastigt att det skvimpade över lite
på glasbordet.

"Men vad är det nu du hittat på? Nu blir jag nyfiken."

"Jag kan inte säga så mycket än. Jag måste testa i praktiken först."

"Men det fattar du väl att du måste berätta för mig. Det vet du väl
hur nyfiken jag är! Vad är det för något?"

Kurt insåg dilemmat. Han var mån om att ingen utomstående
skulle få veta något. Naturligtvis måste han berätta för Ulrika, men
samtidigt visste han att hon hade väldigt svårt för att hålla tyst.
Inte för att hon med flit eller av elakhet hade yppat saker han bett
henne hålla tyst om. Snarare var det hennes sätt att uttrycka sig och
beröra ett förbjudet ämne i omskrivningar som gjorde att andra
snart listat ut vad hon menat. Det här fick absolut inte komma ut
så han bestämde sig för att bara berätta en del av sanningen.

"Jag håller på med ett spelsystem."

"Vadå! Ska du tippa? Det har du ju gjort hela tiden och aldrig vunnit något."

Ulrika såg besviken ut.

"Nja, inte precis så. Det här är något annat. Det är mer sånt man spelar på ett kasino. Roulett till exempel."

"Men hur i all världen ska du kunna ha nytta av din förmåga i ett sånt spel? Man måste ju satsa innan kulan stannat. Du kan väl inte veta vilken siffra den ska stanna på?"

Kurt kände sig lite besvärad. Nu kunde han inte säga mer.

"Nej, så klart jag inte kan. Det är inte riktigt så det funkar. Men jag ska testa så får vi se."

Ulrika insåg till sist att hon inte skulle få något mer svar så hon slutade tjata.

"Kom Kurt, så kollar vi på film i stället. Det börjar en bra med Julia Roberts om en stund."

Dagen efter åkte Kurt direkt från jobbet till Teknikmagasinet vid Tuna Park, där han sett att de hade ett roulettspel. Det var visserligen för barn, men principen var densamma.

Ulrika skulle jobba sent så han hade hela kvällen på sig. Han kastade i sig en ostfralla och ett glas mjölk innan han öppnade kartongen med rouletthjulet.

Det var med spänning han snurrade hjulet och släppte kulan.

Först såg han inte något men efter att försökt några gånger och koncentrerat sig djupt, började han skönja ett mönster.

Ulrika kom hem strax innan midnatt och då satt han fortfarande och snurrade.

"Men vad sitter du och gör? Har du köpt leksaker?"

"Jag testar och det verkar funka."

Ulrika blev nyfiken och satte sig ner utan att ta av sig ytterkläderna.

"Vad spännande. Får jag se vad du gör?"

"Nej, jag kan inte fokusera när du sitter och tittar. Du måste låta mig vara i fred."

Det var det enda han kunde komma på att säga. Han visste redan att det fungerade, men exakt hur var det ingen annan som behövde veta.

"På lördag tar jag tåget till Stockholm och går på Casino Cosmopol. Då ska jag prova om det fungerar i verkligheten."

"Vad kul! Hur dags åker vi?"

"Jag skulle helst vilja åka själv första gången. Om det fungerar får du följa med sen. Det lovar jag."

Ulrika blev lite besviken, men hon hörde på hans bestämda röst att han menade allvar så hon sa inget mer.

"Jag går och lägger mig nu. Kommer du snart?"

"Ja, om en stund."

På tåget till Stockholm satt Kurt och funderade. Han hade tagit på sin kostym som han köpt på Dressmann för tre år sedan.

Han hade i förväg tagit reda på vilka regler som gällde på kasinot. Vilka begränsningar som gällde. Det hade i och för sig ingen relevans vid det här tillfället. Han tänkte bara satsa en mindre summa för att se om hans idéer fungerade.

Om det nu gick som han hoppades på, hur skulle han då gå vidare? Det vore nog klokt att ta det lite lugnt. Vinna mindre summor och förlora ibland. Det var nog viktigt att ha en plan. Veta hur mycket man skulle satsa och hur mycket man skulle vinna. Kanske spela en gång i månaden och vinna trettio tusen. Det kunde de leva gott på. Om man överdrev skulle det nog väcka en massa uppmärksamhet och han kanske riskerade att bli portad.

Det fanns fyra kasinon i Sverige och om han besökte dem växelvis, borde det nog vara lugnt. Det fanns också en massa ställen utomlands han kunde hoppa mellan med. Då skulle de kunna unna sig lite lyxsemester samtidigt.

Han satt djupt insjunken i tankar när tåget stannade vid Stockholms Central.

Kungsgatan 65 låg inte så långt bort så han tog en promenad. Kasinot öppnade klockan ett och han hade god tid på sig att få något i magen. Han slank in på ett närliggande café och tog en räksmörgås och en kopp kaffe.

När Kurt ätit klart tog han en runda i kvarteren runt kasinot. Han tittade på omgivningarna och på allt konstigt folk som gick omkring på gatorna. Han hade aldrig trivts i Stockholm. Inte för att han hade varit där särskilt ofta, men tempot passade honom inte. Folk sprang omkring och verkade väldigt stressade. Det var trångt och bökigt och när man frågade någon om vägen till en speciell plats fick man aldrig några raka svar. Det verkade som om alla trodde sig veta var allt fanns men ingen kunde vägen dit.

En halvtimme efter att kasinot öppnat, gick Kurt in.

Det var redan ganska mycket folk och vid de olika spelborden var det nästan fullt. Spelautomaterna surrade när förhoppningsfulla medelklassdamer och herrar i skrynkliga kavajer tryckte på knapparna. Då och då rasslade det till när någon vunnit.

Kurt gick omkring och försökte göra sig hemmastadd. Det var en helt ny värld för honom. Ovant men spännande. Han stannade vid ett casinobord och kikade över axeln på en liten kvinna som verkade väl ålderstigen för att kunna hålla reda på markerna. Croupieren snurrade på hjulet och släppte kulan. Kurt studerade särskilt noga hur lång tid efter att kulan släppts, som man fick lov att satsa. Det var en viktig del i hans strategi och helt och hållet avgörande för om han skulle kunna vinna några pengar.

Efter att ha stått och tittat i en stund, bytte han bord och studerade hur andra croupierer jobbade. Snart hade han gått igenom alla bord där det spelades roulett. Han växlade till sig marker för två tusen kronor och gick fram till bordet han varit vid först. På måfå satsade han några hundra på nummer tretton. Hjulet saktade ner och kulan stannade på nummer tretton. Kurt trodde inte det var sant. Det ingick inte alls i hans strategi att det skulle bli på det sättet. Men nu hade han en hel del extra pengar att spela för. Han fortsatte att satsa på enskilda nummer och ibland hände det att han vann. Samtidigt höll han noga reda på om kulan stannade på rött eller svart. När svart hade kommit upp fem gånger i följd, samlade Kurt alla sina marker i några prydliga staplar och gjorde sig beredd. Han var nervös för det var nu det skulle visa sig om det fungerade. Han koncentrerade sig allt vad han förmådde och i absolut sista stund sköt han över alla marker på svart. Många runt bordet hade gjort samma iakttagelser som han och det röda fältet var fullbelamrat med marker.

Kulan studsade mellan siffrorna och när den stannade var det på nummer åtta svart. Det gick ett sus av besvikelse runt bordet. Kurt samlade ihop sina marker och skyndade sig att växla in dem. Han var oerhört sugen att fortsätta men nu gällde det att hålla fast vid planen och inte förivra sig. Han hade haft två tusen kronor med sig att spela för och nu hade han arton tusen.

Plånboken var tjock som en julgris och gick knappt att få ner i fickan.

På tåget hem såg han tillbaka på dagen. Det hade gått precis som han trott. Nu visste han att det fungerade. Inget mera tjat om att uppträda på cirkus, tänkte Kurt och smålog.

***

I Mars 2015 sade Kurt upp sig från Eskilstuna Energi & Miljö och den femte juni jobbade han sin sista arbetsdag. Han bjöd jobbarkompisarna på smörgåstårta.

"Vad tänker du göra nu? Du har ju flera år kvar tills du kan börja ta ut pension."

Kurt visste att frågan skulle komma så han hade svaret färdigt.

"Jag har sparat ända sedan jag började jobba efter nian, så nu klarar jag mig fram till pensionen. Jag ska bygga ut sommarstugan, dra in vatten och avlopp. Sen kanske vi bosätter oss där."

Det var ovant att vakna på morgonen och inte behöva åka till jobbet. Första veckan tog han det lugnt och bara slappade. De hade flyttat ut till stugan redan i början av maj och innan han slutat sitt arbete hade han hunnit med ytterligare en resa till Stockholm.

Ulrika hade fått följa med och tvärt emot vad Kurt först trott, hade hon blivit helt begeistrad i att spela på kasino. Dock inte med samma goda resultat som Kurt.

De hade ätit på en fin restaurang och sovit över på ett lyxigt hotell. En sådan resa i månaden var inget dåligt sätt att försörja sig på.

Resten av tiden kunde de göra vad de ville.

Kurt tyckte att Ulrika också kunde sluta jobba, men hon ville vänta lite för att se om hans planer verkligen skulle hålla i längden.

***

Det blev midsommaraftonen. Kurt hade bjudit Bengt och Voizec med sällskap och de hade tackat ja.

Det blev ett glatt återseende. De hade inte träffats på ett tag.

Kurt berättade att han sagt upp sig och att han börjat spela i stället.

Naturligtvis blev alla intresserade och undrade hur det gick till och hur han kunde använda sin förmåga till att vinna. Kurt småflinade.

"Det är mest bara tur."

Bengt och Voizec förstod att det inte var hela sanningen. De försökte pressa honom på mer information.

"Jag kan faktiskt inte förklara hur det går till. Det är så konstigt alltsammans. Ni skulle ändå inte förstå."

Det var inte en förklaring de var helt nöjda med.

"Det är klart du kan förklara. Vi fattar väl att det har med det som händer i ditt huvud att göra, men hur i hela friden kan du i förväg veta vilken färg kulan ska stanna på?"

"Det kanske jag inte vet. Det är mer som en känsla."

Hur de än vände och vred på frågorna, lyckades de inte få någon klarhet och insåg att det var allt de skulle få veta.

Midsommaren blev om möjligt ännu trevligare än den varit året innan. Voizec och Sofia var lade sig först och samma procedur upprepades med Sofias små ljud och tältduken som rörde sig rytmiskt. Bengt och Inez tog en tur med ekan strax efter midnatt och Kurt och Ulrika satt i hammocken under en filt med varsin drink.

Det prasslade i skogen bakom dem och ett rådjur tittade försiktigt fram mellan några buskar.

Ulrika lutade sig mot Kurt.

"Tror du att vi kan vara säkra nu? Det finns väl inga fler som kommer och ska hämnas på något sätt?"

"Nej, det tror jag inte. Vem skulle det vara i så fall?"

"Bara du nu inte råkar ut för något nytt äventyr. Det räcker så gott med det som varit. Kan du lova det?"

"Nej, det kan jag väl inte lova. Man vet ju aldrig vad som kommer att hända i framtiden.